君主と隠された小公子

カリー・アンソニー 作

森　未朝 訳

ハーレクイン・ロマンス

東京・ロンドン・トロント・パリ・ニューヨーク・アムステルダム
ハンブルク・ストックホルム・ミラノ・シドニー・マドリッド・ワルシャワ
ブダペスト・リオデジャネイロ・ルクセンブルク・フリブール・ムンバイ

CROWNED FOR THE KING'S SECRET

by Kali Anthony

Published by Harlequin Japan, a Division of K.K. HarperCollins Japan, 2025

カリー・アンソニー

オーストラリア、クイーンズランド州在住。初めてロマンス小説を読んだとき、ハッピーエンドはいくつ読んでもいいものだから、いつか必ず自分でも書いてみようと誓った。背が高くハンサムな男性と、友情から恋に発展したロマンスを経て結婚し、最初の小説を書き始めた。趣味は、ガーデニングや家族と森のなかを散歩すること。パソコンのキーボードに猫が上ってきて、執筆の邪魔をすることだけが悩みの種、と笑う。

主要登場人物

ヴィクトリア・アスティル……………………慈善活動家。愛称ヴィク。
ニコライ……………………………………ヴィクの息子。愛称ニック。
ランス………………………………………ヴィクの兄。
ブルース……………………………………ヴィクの亡夫。
アレッサンドロ・ニコライ・バルドーニ………サンタ・フィオリーナ王国の王子。のちに国王。愛称サンドロ。
グレゴリオ…………………………………サンドロの従弟。

プロローグ

たった一夜でいい。サンドロが望んだのはそれだけだった。

サンタ・フィオリーナの亡命中の君主アレッサンドロ・ニコライ・バルドーニではなく、ただの男として過ごす一夜だ。二十五年前に叔父がクーデターを起こして以来、サンタ・フィオリーナには一度も帰国していない。その夜、彼は両親から引き離され、泣きじゃくっていた。両親の最後の言葉は〝サンドロ、いい子でいなさい〟だった。そして名づけ親や側近たちに向かって〝この子を守ってやって〟と言い残した。

だからサンドロはずっといい子でいた。素行は申し分なかった。両親の願いに応えるべく、祖国の未来に果たすべき役割を果たそうとしていた。

だが、今夜だけは自分の望みに忠実になるつもりだった。

サンドロは会員制クラブの豪華な部屋に置かれたベルベット張りの椅子に腰を下ろした。閑静なロンドンの通りに面したジョージ王朝様式のテラスの壁の向こうに何があるかは、外からではわからない。厳しい審査を通らなければ中に入ることのできない排他的なこの空間では金がものを言うが、それだけではない。金はなくとも権力や影響力を持つ者や、安全な避難場所を必要とする者もここのドアを開けることができる。

長い間、サンドロは自分の無力さを噛(か)みしめてきた。

しかし今夜は、長年イギリスで過ごしてきたせいでなじみのない遠い国にしか思えない祖国について考えるためにあるのではない。週が明ければ、祖国はもはや遠い存在ではなくなるだろう。その現実の重さは、考えるに余りある。サンドロは父親から、ひいては自分から奪われた王座を取り戻すべく帰国し、非嫡出子である叔父が起こしたクーデターによってなんの権利もないのに王となった従弟を王座から引きずりおろす準備を終えていた。

サンドロはクリスタルのグラスにつがれた芳醇な赤ワインを一口飲んだ。苦い味が口に広がった。サンドロの帰還は勝利ではなかった。祖国の自由のため、彼の帰還のために戦ったのは他の者たちだ。サンドロの名前と顔は彼らの戦いの象徴であり、彼自身はこの異国の地で守られていた。自ら従弟を倒すために軍隊を率いることはなかった。背後で外交的かつ法的な交渉を重ねていたとはいえ、サンドロが安全に守られている間、他の者たちは彼の名のもとに命をかけて戦っていた。その事実への歯がゆい思いがサンドロの舌に苦い味を残した。

もうたくさんだ。今夜はこんな暗い考えにとらわれていてはいけない。

サンドロはスリルを求めていた。義務から解放された快楽、息もつけないひとときを味わいたかった。ここのスイートルームはすでに予約してある。ベッド脇のテーブルの引き出しには避妊具が入れられ、シャンパンは氷で冷やしてあった。

ワインをもう少し飲もうとグラスを持ちあげたが、中は空だった。もう一杯飲もう。今夜は自分を否定するつもりもないし、自制心を保つつもりもない。生きている実感を得たいだけだ。陶酔を酒に求めるのではなく、女性のかぐわしい肌と甘いため息に求めたい。

互いにどこの誰とも知らないまま結ばれる輝かしい一夜に。

クラブには、ルビー色の唇や魅惑的な曲線美を持つ美しい女性が何人もいた。サンドロの視線は彼女たちの上をすべり、バーにいる一人の女性をとらえた。スツールに脚を組んで腰かけている。腿をおおう黒いスカートの裾からわずかにのぞくレースは、パンティストッキングではなく、ガーターベルトで留めるストッキングをはいている証拠だ。サンドロは胸を蹴られでもしたようにどきりとした。彼女がスツールから少し体を浮かし、スカートの裾を引っぱってストッキングのレース部分を隠すと、失望のあまりうめき声をあげそうになった。

女性の顔は見えない。見えるのは背中に垂れた豊かなブロンドの髪だけだ。肌の露出はほとんどない。小さな黒い水玉模様があしらわれた白いブラウスは体にぴったりとフィットしている。彼女が頬にかかった髪を耳にかけ、目の前のグラスを口に運んでゆっくりと中身を飲んだ。その姿に、サンドロは完全に目を奪われた。

思わず立ちあがり、歩きだした。一生に一度の夜を過ごすか、手ひどく拒絶されるか。今まで一度も経験したことはないが、気のきいた言葉で拒まれるのはそれなりに愉快だろう。今夜は新しい経験ばかりだ。彼女のそばまで行ったサンドロは、ほのかなバニラの香りを感じた。そして絶品のデザートを連想し、どうしても味わいたくなった。

サンドロは女性を上から下まで眺めた。もしネクタイを締めていたらゆるめていただろうが、今夜はネクタイはしていない。今夜だけは国民に待望される君主ではなく、ただの男として、サヴィル・ロウで仕立てたシャツとズボンが許す限りカジュアルに装っている。正面を向いている彼女はまだこちらに気づいていない。サンドロはまず話しかけてみて、どうなるかなりゆきを見ることにした。

「喉が渇いているようだな」

時が止まり、女性はサンドロを無視するかに思えたが、次の瞬間、こちらを向いた。柔らかそうな金色の髪が無造作に肩にかかる。彼女は古典的な美女というより個性的な魅力の持ち主だった。高い鼻が目立つが、先が上向きで、それがかわいらしさを与えている。そして、瞳は美しい青灰色だ。彼女に見つめられると、サンドロは以前から知り合いだったような妙な感覚にとらわれた。吸いこまれそうな瞳には深い感情が……悲しみが秘められているように見え、心臓をわしづかみにされた気がした。

「まるで私がしなびているみたいな言い方はやめて」彼女の声には気品が漂っていたが、それでいてウイスキーとタバコで風味づけされたようなセクシーさがあった。蒸し暑い夜を思わせるその声はサンドロの耳元で吐息となり、彼の欲望をかきたてた。

彼女はグラスからオリーブに刺さった爪楊枝を取ると、飲み物の中の見事にカットされたレモンの皮をつついた。それからグラスの縁に桜貝みたいなピンクの唇を当て、残りを一息で飲みほした。

今こそ自己紹介のときだ。離れたテーブルについている警護官たちに言われたように偽名を使わなくては。自分の身を守るために。だが、偽りは望まない。僕が望むのは真実だ。今夜が終わる前に、少なくとも一度はベッドの中で彼女の口から僕の名前を聞きたい。サンドロは手を差し出した。

「アレッサンドロ・バルドーニだ」

本名を名乗ったからどうだというのだ？　数日後には僕はこの国を去る。いずれにせよ、誰もが興味を失うほど長い間イギリスにいたのだ。タブロイド紙に騒がれないよう、目立つことは極力避けてきた。サンタ・フィオリーナを破滅に追いこんだ従弟とは違って。サンドロは歯を食いしばった。祖国を立て直すという自分に課した務めについてはあとで考えよう。今夜でなく。

女性が冷たくほっそりした手をサンドロの手に重

ねた。そのとたん火花のような衝撃が走り、彼は呆然とした。

「長い名前なのね」

　サンドロの心臓は一瞬止まり、目は彼女の唇に釘づけになった。なんと柔らかそうな唇だろう。あの唇に僕は何をさせたいのか？　彼は咳払いをした。

「それなら、サンドロと呼んでくれ」顧問や側近たちは陛下と呼ぶ。最後に彼を愛称で呼んだのは両親だったが、なぜか彼女にもただの男として愛称で呼ばれたかった。

　女性が唇の端を上げて謎めいた笑みを浮かべたかと思うと、サンドロの手をぎゅっと握り、それから放した。そのとたん、彼は喪失感を覚えた。

「では、サンドロ」彼女は期待を裏切らず、まるで味わうように名前を口にした。表情や瞳の中の銀色の輝きを見る限り、その響きを楽しんでいるらしい。

「私はヴィク。ヴィクトリア……アスティルよ」

　ためらいがちに告げられたのは、それが偽りだという証拠に思えた。サンドロの背骨の付け根に何か冷たいものが刺さった。本能が警告しているのだ。彼はずっと昔に本能に耳を傾けることを学んだ。本能を無視すれば、命に関わる場合もある。欺瞞をやり過ごすわけにはいかない。

「本当に？」

　サンドロは軽い口調を保ちながら、どういうことなのか知ろうとした。すると、彼女が右手の親指で左手の薬指をさすった。さりげないしぐさだったが、まるで何かが欠けているかのように薬指に触れているのを見過ごすわけにはいかなかった。そこは結婚指輪をはめる場所だ。

「結婚しているのか？」

　二人とも大人だ。彼女は自分のしたいようにすればいいし、人がさまざまなしがらみから逃れるためにここへ来るのはわかっている。だが、サンドロは不倫相手になるのはごめんだった。彼の祖父が犯した罪は、四半世紀にわたってサンタ・フィオリーナを暗黒に陥れた。祖父の愛人が産んだ非嫡出子の叔父は、サンドロの父親より低い地位に甘んじる男ではなかった。息子に王位を継がせようと夢見る野心家のその妻は、暴力と流血によって欲しいものを奪い取るよう夫をあおった。そのすべてをサンドロは知っていた。

本名かどうかは不明だが、ヴィクと名乗った女性がサンドロを見あげ、首を横に振った。

「もうしていないわ」

サンドロは息を吐き、緊張をゆるめた。どれほどこの女性にそう答えてほしかったか、自分でもよくわかっていなかった。彼女がブラウスの小さな黒いボタンをもてあそぶと、サンドロの目は襟元からのぞく胸の谷間に引きつけられた。シルクの下のレースのブラジャーが透けて見えている。何もかもが彼を誘惑するようだった。一夜をともにすることになり、彼女の服をゆっくりと脱がせていくのが待ちきれなかった。

サンドロは持っていた自分のグラスを掲げてみせた。「君ももっと飲むかい？」

お代わりを注文しようとするサンドロにバーテンダーが気づき、愛想のいい笑みを浮かべて近づいてきた。「同じものになさいますか？」

サンドロはうなずいた。フランス産のビンテージ物の赤ワインは今は飲むのがもったいないが、目の前の女性が一人でお代わりを頼むとは思えなかった。彼がヴィクのグラスを示すと、彼女はバーテンダーではなく、サンドロを見た。

「ダーティマティーニを。レモンツイストを加えて」

血がうなりをあげて脳から下腹部へと流れこんだ。サンドロは今すぐここを出てヴィクをベッドへ連れていきたくなった。だが、そうする代わりに、亡命中に身につけた忍耐力をかき集めた。

サンドロは待てば待つほど結末がより甘美なものになるのを知っていたし、この夜を急いで終わらせたくなかった。これは人が昔から興じてきたゲームだ。馬に乗ってポロ競技場を猛スピードで駆け抜けるよりもスリルを味わえる。彼は思わずにやりとした。

「ここのスイートルームを取ってある」声がいつもよりざらつき、自分の耳にも聞き慣れなかった。バーテンダーがサンドロの飲み物を取りに離れていく。

「それでスイートルームには何があるの?」

サンドロが身を乗り出すと、再びヴィクの香りが鼻をくすぐった。二人の膝が触れ合い、そのわずかな感触が彼の中に快感の震えを走らせた。

「必要なものはすべてそろっている」

ヴィクの吐息が聞こえた気がした。彼女の顔に視線を向けても、表情が消えていて、なんの感情も読み取れなかった。悲しげな目を除いては。ヴィクが下唇を嚙み、膝に視線を落としてまたスカートを撫でつけた。豊かな髪が顔にかかる。

「いつもの私はこんなことしないのよ」

長いまつげの下から彼女がちらりとサンドロを見あげた。そっちが誘惑したとあとから責める男性かどうか探るように。サンドロが責めるのは常に自分自身だけなのに。そこではたと、少し強引すぎたかもしれないと気づいた。それでも、不可能に思えることが実現する場合はよくある。実際、数日後には、とうてい無理だと思っていたサンタ・フィオリーナの王座についているだろう。

「僕もだ」

それは真実だった。大学時代に多少はめをはずしはしたものの、サンドロは常に警護されていた。この状況は、ヴィクにとってそうであるように彼にとっても初めてのことだった。

サンドロの言葉を受けとめた彼女がわずかに目を見開き、それから頭を後ろに倒して笑った。その場にいた男たちが皆、サンドロがものにするかもしれない類いまれな女性に切望のまなざしを向けた。

「そうは思えないわ」唇にまだかろうじて浮かんでいる温かな笑みを含んだ声でヴィクが言った。

亡命中とはいえ、サンドロは自分が恵まれた生活を送っているのを自覚していた。しかし、ヴィクと一緒にいる今ほど幸運を感じたことはなかった。新鮮な喜びにあふれたこのひとときが過去の苦悩を洗い流してくれるかのようだった。

「なぜ？」

サンドロは二人の気軽な会話を楽しんでいた。いつ拒絶されるかわからない危うさが彼のみぞおちを締めつけると同時に、期待を高めていた。

ヴィクがサンドロの全身を手ぶりで示した。「だって、そのルックスですもの」そのしぐさには彼女の高貴な名前と同じくらい気品があった。

「僕はどんなふうに見える？」

「私にほめてもらいたいの？」

二人の膝が再び触れ合い、サンドロは電流にも似た衝撃を受けた。「それじゃ答えになっていない」

「あなたは……」ヴィクがゆっくりとサンドロの全身を眺めた。その視線が彼には愛撫のように感じられた。「この世のものとは思えないくらいハンサムだわ。私の経験では、そういう人は往々にして女性の扱いに慣れているものよ」

彼女の言葉を聞きながら、サンドロは自尊心が満たされるのを感じた。

「同じ言葉を君に贈るよ。君もこの世のものとは思えないほど美しい」

サンドロはヴィクをじっくりと観察し、それまで気づかなかったことに気づいた。鼻のかすかなそばかす、ピアスのない完璧な形の耳。彼女がまたブラウスのボタンをもてあそぶと、小ぶりだが申し分のない胸の谷間に視線が吸い寄せられた。ほめ言葉に慣れていないのか、柔らかな光の下でも頬がピンクに染まるのがわかった。誰がこの女性に美しいと言わずにいられるだろう？

「僕はこの世の人間だ」サンドロはヴィクの手を取って胸に当て、自分が生身の人間だと確かめさせたかった。今夜はこれまで以上に正直でありたかった。求めているのは真実だけだ。ただの男と女として快楽を分かち合いたい。「僕に触れて現実の存在だと確かめればいい。噛みつきはしないよ」

ヴィクが驚いた顔で首をかしげた。「そうしてほしいの？」

「君もそうしたいんじゃないか？」

「そうかもしれない」

部屋のざわめきが消えていき、魔法にでもかかったように二人は不思議な空気に包まれた。サンドロはそのチャンスを逃さなかった。

「僕の部屋に来てくれ」

ヴィクがマティーニグラスのオリーブに刺さった爪楊枝をつまみ、歯でオリーブを抜き取ると、ゆっくりと噛んでからのみこんだ。青灰色の瞳は謎めいていて、宇宙の秘密でも秘めているかのようだ。彼女がバーカウンターからクラッチバッグを取りあげたとき、サンドロの心臓は期待に早鐘を打ちだした。やったぞ。いや、早合点か。確信はない。不安の糸が心に巻きついた。

サンドロはこれまで多くのものを望んできたが、この瞬間、ヴィクトリア・アスティル以上に欲しいものはなかった。

「わかったわ」

その短い一言に、期待がますます高まった。サンドロはバーテンダーに二人の飲み物代を部屋につけるように言うと、ヴィクと一緒にバーを出て、ロイヤルスイート直通の専用エレベーターに向かった。それを警護官たちが注意深く見守る。すでにスタッフが彼女について調査したはずだ。このクラブではプライバシーは完全に守られるが、それでも入る際には名前を記さなければならないし、警護チームはサンドロの安全を確保する義務がある。結局のところ、彼は国の未来を背負っているのだから。

　黄金色に輝くエレベーターがスイートルームへと上昇していく。すぐに僕は部屋のドアの鍵を開け、今夜の残りの時間を過ごすことになるだろう。ただの男として。

　そして明日にはサンタ・フィオリーナの君主に戻るのだ。

　エレベーターが静かに止まり、ドアが開くと、ヴィクは息を整えた。だが、胃の中で蝶（ちょう）がはばたいているような落ち着かなさや心臓の激しい鼓動はおさまらなかった。横に立つ男性が彼女を先に促す。ヴィクは彼の香りを感じた。スパイシーで温かく、冬の夜に飲むモルドワインを思わせる。溺れたら正気を失うところもワインと同じだ。

　でも、それこそが私の望みではないの？　自分を失い、同時に見つけることが。あいにく今は確信が持てない。階下では洗練された女になったように感じた。なのに、スイートルームの入口の大理石の上でハイヒールがこつこつと音をたてるたびに、自分が何に同意したのかを思い知らされた。夫はハイヒールが嫌いだった。それをはくと、妻が自分よりも長身になるから……。

　そこまでよ。両親が決めた結婚だったが、ヴィクは幸せになれると無邪気に信じていた。だがすぐに、自分の望みなど夫にとってはどうでもいいのだと悟った。五年にわたって夫は彼女を苦しめつづけた。

二人の関係は対等ではなく、夫はいわば独裁者だった。あらがおうとすると、手ひどい仕打ちを受けた。その後ヴィクは大怪我(おおけが)をし、夫の要求に応えなくてすむようになった。

もし夫が落馬事故で命を落とさなかったら、私は今ごろどうなっていたかわからない。

ふいに体に戦慄が走った。今夜は過去に思いをはせるためにあるのではない。このクラブの経営者たちから哀悼の意を伝えられるとともに、夫の会員権を受け継いでほしいという立派なエンボス入りの手紙を受け取ったとき、ヴィクはせっかくのチャンスをつかもうと決めたのだった。

こういう男性ならどんな女性でも手に入れることができるのにと、ヴィクは思った。サンドロの堂々とした体格のせいで、自分が不思議と小さく感じられる。彼は肩幅が広く、シャツの下にはたくましい筋肉がひそんでいるのがわかる。秀でた額から後ろに流した豊かな黒髪も、溺れてしまいそうなほど深い青の瞳も魅力的だ。

スイートルームのドアが背後で静かに閉まると、ヴィクの胃の中の蝶が再びはばたきはじめた。サンドロの存在があまりにも近くに思え、鳥肌が立った。興奮したのか、恐怖を覚えたのか、よくわからなかったが、何も感じなかった五年間を思えば、どんな感情も受け入れられた。彼女は左手の薬指を右手の親指でさすった。かつては所有者のしるしがはめられていたが、今残っているのは奇妙な虚無感と、ようやく自由になれたという安堵(あんど)感だけだった。

「ずっとそうしているね」サンドロがヴィクの左手を顎で示した。彼の声は深く、温かく、独特のアクセントがある。彼女は湯を張ったばかりの風呂に入るようにその響きに身をひたしたかった。過去の汚れを洗い落とし、再び生きることを学びたかった。

「最近のことかい?」

「ええ。でも、その話はしたくないわ」亡き夫がこれ以上私の思考を占めることはないだろう。私は長い間、死んでいるも同然だった。

サンドロの魅力的な唇に共感のこもったほほえみが浮かんだ。「気持ちはわかるよ」

以前のヴィクなら何も言わなかっただろう。だが、もう黙っていたくなかった。沈黙には恐ろしい秘密が隠されているものだ。彼女は首をかしげ、サンドロのきらめく瞳を見つめた。

「あなたにも話したくないことがあるのね」

それは質問ではなかった。ヴィクは心の奥底で、自分と同じように彼にとってもこれが現実からの逃避なのだとわかっていた。

「誰にでも背負うべき十字架がある」

その言葉は無意識に口から出たようだったが、サンドロはすぐに我に返った。そしてサイドテーブルに向かい、クリスタルのフルートグラスを長く優雅な指で掲げた。

「シャンパンはどうだい？」

ヴィクは首を横に振った。「けっこうよ。酔いたくないの。生きていると実感したいのよ」

「僕が実感させてあげよう」サンドロがフルートグラスを置き、なめらかな足取りで彼女のほうへ近づいてきた。「キスがしたい。君の肌に触れたい。君のすべてを味わいたい」

サンドロの声は荒々しく、とっくに死んだと思っていたヴィクの欲望に火をつけて、赤々と燃えあがらせた。

「だったら何をぐずぐずしているの？」

サンドロがヴィクの顎を熱いてのひらで包みこんだかと思うと、顔を近づけて二人の唇を重ねた。甘美な感触に唇がうずく。ゆっくりと抱き寄せられた彼女はサンドロにもたれかかった。舌が触れ合い、キスが濃厚になっていく。ヴィクは彼の力強い胸に手を当てた。サンドロの心臓は彼女と同じく早鐘を打っていた。そこで彼がキスを中断した。

「僕は現実に存在するとわかったかい？」

「ええ、よくわかったわ」

「だから言っただろう」

サンドロがヴィクの首筋に手を伸ばし、肩にかかった髪を払った。すぐに手に代わって唇が首筋に触れ、温かい息がかかる。彼の舌先が肌を這い、さっきの言葉どおりヴィクを味わった。

夜が明けるまでに、サンドロの舌は他にどこを探るのだろう？　彼の美しい唇は私のあらゆる部分をなぞるのだろうか？　私はそうしてほしい。

そのとき、何かが変わった。切迫感が増し、サンドロが強く体を押しつけてきて、ヴィクは思わずうめき声をもらした。彼の体が高ぶっているのは明らかだったが、愛撫はそれとは対照的にやさしかった。この夜が終わったら自分がどうなっているのかわからないまま、彼女は心のまわりに高く築きあげた壁をゆっくりと崩していった。

「お願い」ヴィクはささやいた。

サンドロが新婚初夜の花嫁のようにヴィクを軽々と抱きあげ、寝室へ向かった。隅のランプに照らされた部屋に入ると、注意深くベッドの端に下ろし、ブラウスの小さなボタンをはずしていった。彼の指は震えているのだろうか？　ヴィク自身は長く心を占めてきた空虚感に打ち震えていた。そのむなしさをサンドロに満たしてもらう必要があった。

まるで生きながらにして燃えているように体が熱い。ブラウスの前が開くと、サンドロの小鼻がふくらみ、喉からうなり声がもれた。彼が左の胸のふくらみをてのひらで包みこみ、ブラジャーのレース越しにその先をもてあそぶ。快感に胸の先が硬くなり、軽い衝撃が下腹部を貫いて、吐息があえぎ声になった。

てささやいた。「目を閉じて、楽しんでくれ」

「目を閉じたら、ベッドから落ちてしまうわ」

「僕がつかまえるよ」

サンドロはそうしてくれるだろう。今夜だけは彼を信じようとヴィクは思った。サンドロが首筋にキスをしながら片手でスカートの後ろのホックをはずしてファスナーを下ろし、床に落とした。そのまましっかりと引き寄せられると、彼の興奮が伝わってきた。

「君がこうしたんだ」サンドロの声は驚嘆にかすれていた。彼は立ちあがり、その鮮やかな青の瞳でレースのストッキングに包まれた腿を見つめた。「完璧だ」

「気をつけて」ヴィクは平静を取り戻そうとしながら言った。「私をいい気にさせてしまうわよ」

「君を見たら誰だって美しいと言わずにいられないだろう。君は崇拝すべき女神だ」

サンドロが前に踏み出してヴィクをベッドに横たえると、ショーツの下に手をすべりこませ、ゆっくりと下ろしながら床に膝をついて彼女を見あげた。うっとりするような瞬間だった。彼を信じていたからだ。これほどたくましい男性が目の前の絨毯(じゅうたん)にひざまずいていたら、疑うことなどできない。

「この見事な脚が僕の腰に巻きつくのが待ちきれないよ」ヴィクがハイヒールから足を抜こうとすると、サンドロがそっと足首をつかんだ。「いや、はいたままでいてくれ。僕が君の中に身を沈めるとき、ヒールが背中に食いこむ感触を味わいたいんだ」

ヴィクの体は炎に包まれたように熱くなり、不安が消え去った。「私は不利みたいね」低くハスキーな声で挑発的に彼女は言った。「着ているものがあなたよりずっと少ないのよ」

サンドロが一瞬目を見開いてから閉じ、ヴィクの腹部に唇を近づけた。キスをされ、ヴィクは息をのんだ。すると彼が体を引いた。

「君はすべてにおいて僕より有利だ。さあ、見せてあげよう」

サンドロの言葉が野火のように熱く血管を駆けめぐり、ヴィクはほほえんだ。大胆にふるまいたかった。彼女は反転して手と膝をつき、ベッドの上のほうに這っていった。彼の吐息がうれしい。ベッドの上まで来ると、ふっくらとした羽毛の枕に頭をのせ、日差しを浴びた猫のように仰向けになった。サンドロが息をのむのがわかり、彼女はにっこりした。

サンドロがシャツのボタンをはずし、日焼けした胸をあらわにした。シャツがはぎ取られると、ヴィクの口はからからになった。彼の体は、真夜中に思い描く夢想そのものだった。胸や腹部の筋肉が部屋の明かりに照らされて浮かびあがる。ヴィクの視線はさまよい、やがて彼の腰骨からズボンのウエストバンドの下の魅惑的なふくらみに落ち着いた。サンドロが立ったまま片眉を上げる。その堂々とした態度に彼女は感心せずにはいられなかった。

「お気に召したかい？」

「もっと見たいわ」

サンドロが低い声で笑った。その響きは脅しのようでもあり、約束のようでもあった。「美しい人（ベッラ）、今夜は僕のすべてを君に捧（ささ）げる。何もかも君のものだ」

サンドロはベルトを抜き取って床に放り投げると、靴と靴下を脱ぎ、ズボンと下着を下ろした。

さっきサンドロはヴィクを女神だと言ったが、一糸まとわぬ彼は神だった。あらゆる部分が完璧だった。

「まあ」ヴィクは思わず吐息をもらした。サンドロが鮮やかな青の瞳を暗く陰らせ、ベッドの上にひざまずくと、マットレスが彼の重みで沈んだ。

「脚を開いて……」サンドロの声には逆らうことのできない響きがあった。「僕の名前を呼んでくれ」

「サンドロ」

サンドロがベッドに手をついてヴィクににじり寄った。「今夜が終わるまでに、君に決して忘れられない経験をさせてあげよう」

サンドロの唇がヴィクの腿と腹部をなぞり、彼の息が肌を温めて、舌が彼女を味わった。やがて彼の息がヴィクの開いた脚の間にかかり、舌がやさしく体の芯を愛撫しはじめた。だが、サンドロは決してヴィクを喜びの頂点に追いたてはしなかった。

この男性は私を粉々にするだろう。でも、私も彼を粉々にしたい。今夜だけは。ヴィクは心に誓った。二人はお互いに相手を粉々にし、かけらをきれいに片づけて、人生の新たなスタートを切るのだ。

「サンドロ」

ヴィクの声は悲鳴のようにも懇願のようにも聞こえた。彼女が肘をついて体を支え、脚の間にいるサンドロを見やると、彼が邪悪な笑みを浮かべてこちらを見あげた。自分が何をしているのかわかっている顔だ。ヴィクはそれがうれしくもあり、憎らしくもあった。サンドロは私の体を巧みにもてあそぶすべを心得ているのだ。

「僕の女神、横になってくれ。君を崇(あが)めさせてほしい」

サンドロが再び頭を下げると、ヴィクはまたベッドに倒れこんだ。彼は約束を果たし、ヴィクが恍惚(こうこつ)の境地に達するまで容赦なく攻めつづけた。

1

一年九カ月後

ヴィクはヨガマットの上に座り、股関節を柔らかくするストレッチを楽しみながら、小さな息子ニコライを見やった。ニックと呼んでいる息子は夢中になっておもちゃの太鼓をたたいてはうれしそうに笑っている。

いったいどういう人が一歳児の誕生日には太鼓を贈るのが最適だと思うのだろう？　ヴィクはため息をついた。不在の父親ならありうる。サンドロは子育てをまったく理解していない。もっとも、ニックを身ごもった夜のことを思い出すと、筆舌に尽くしがたい喜びを感じる。

避妊具が破れていたとわかっても、ヴィクは心配しなかった。心配する必要はなかった。結婚していた男性との間に子供は授からなかった。その後骨盤を痛めたこともあり、不妊症なのだとあきらめていたのだ。

〝妊娠する可能性はないわ〟長い情熱の一夜の終わりに疲れはてて互いの腕の中に倒れこむ前、ヴィクはサンドロに告げた。

翌朝、熟睡しているサンドロをベッドに残し、部屋に備えつけのメモに〝ありがとう〟とだけ走り書きして去った自分を、彼女は誇らしく思っていた。

結婚という名の檻（おり）の中に閉じこめられ、サンドロとの一夜を生まれ変わるチャンスとしてとらえていたヴィクは、妊娠のことなど頭の片隅にもなかった。

生理が来なくても気にしなかった。胃の調子が悪いのだとばかり思って訪ねた医師から勧められ、検査を受けると妊娠がわかった。信じがたい思いと喜びがこみあげ、ヴィクは思わず笑った。妊娠は思いがけない幸運だった。サンドロに秘密にする理由はない。そして、興奮と不安を覚えながらインターネットで彼の名前を検索し、判明したのは……。

サンドロはサンタ・フィオリーナの国王だということだった。

宮殿に電話をして妊娠を伝えたとき、ヴィクは何を期待していたのかわからなかった。心の底ではサンドロからの連絡を望んでいた。自分を永遠に、よりよく変えた男性がどうしているのか知りたかった。

今でさえサンドロのことを考えると心臓が止まりそうになる。魂まで見通す深いまなざし、何もかも忘れさせてくれる愛撫(あいぶ)――あれは奇跡だった。王家の代理人から、すべての接触は自分を通して行うようにと申し渡されるまでは、そう信じていた。二度とサンドロと接触しないこと、毎月子供に関する報告書を提出すること、それと引き換えに赤ん坊は経済的な援助を受け、その生活費はヴィクが管理すること。サンドロとの関係を維持し、ニックの利益を考えるのなら、選択肢は一つしかなかった。

だからヴィクは条件を受け入れた。

不愉快だったのは、経済的援助の申し出だった。ヴィクには必要なかった。夫が伯爵として所有していた土地は新しい伯爵に渡ったものの、それ以外はほとんど彼女が相続した。だからニックの父親に与えられたものはそのまま銀行口座に預けていた。息子が成長してから、それをどうするか決めるつもりだった。

心配なのは自分の体だった。以前の調子はまだ取り戻しておらず、いまだに痛みを感じ、ニックが太鼓をたたくたびに神経に響く。だが、また理学療法を受けるのはいやだったし、怪我(けが)をしたあとで頼った強い鎮痛剤をのむのも避けたかった。

ヴィクは自分が幼いころに与えられなかった愛情をたっぷりとニックにそそいでいた。父親が息子に会いたがらないことなどどうでもよかった。愛するサラと結婚した兄のランスは、ロンドンで最も奔放な億万長者からイギリスで最も立派な伯父へと変貌した。ニックが必要とする男性の手本として、ランスは申し分ない。サンドロが息子について知りたくないというなら、それは彼が損をするだけのことだ。

　自分の人生がどれだけ変わったかを思い、ヴィクはほほえんだ。伯爵との結婚生活では、華やかなパーティに出て社交に励んだ。だが、美しい衣服や装飾品は心の亀裂を隠すためのもので、すべて偽りだった。

　ニックは太鼓をたたきつづけている。やがて音が不規則になり、ばちが床に落ちた。ヴィクはストレッチをやめ、疲れたようすの息子のほうを向いた。

「いらっしゃい、ダーリン」ヴィクがニックを抱っこして立ちあがると、息子は泣きながら体をひねって太鼓のほうに手を伸ばした。「いくらお誕生日でも、ちゃんとおねんねしないとだめよ」

　腕の中でニックを左右に揺らし、最後のストレッチをした。このところしっかりケアをしていなかったので、このままでは背中と腰に負担がかかる。怪我から四年たった今でも、体は完全に元どおりにはなっていない。ヴィクが馬小屋にいるときに、保護していた馬が急に暴れだしたのだ。骨盤を痛めたせいで妊娠中もつらかった。

　ニックが彼女の肩に頭をもたせかけた。

「ミルクをあげましょうね、小公子（リトル・プリンス）さま」ヴィクはキッチンに行って哺乳瓶に入れたミルクを温め、子供部屋に向かった。

　リトル・プリンスという呼びかけは、ニックネームというより現実に則していた。サンタ・フィオリーナについて弁護士と一緒に調べているうちに、王制にしては珍しい決まりがあるとわかった。王、あるいは女王が認めさえすれば非嫡出子でも王位につくことができるのだ。そんなとき、王家の代理人がサンドロの要求と、正式な認知はしないとの文書を携えて訪ねてきた。親権と養育権はヴィクが持つが、サンドロが望むときにいつでも息子と面会できるという取り決めだった。もっとも、彼はまだ一度もニックに会っていない。

ニックをベビーベッドに寝かせたヴィクは、息子が眠りにつくまでしばらく待った。カールした黒髪と両親の瞳の色を混ぜ合わせたような瞳を見るたびに喜びがこみあげ、これは奇跡だと思う。ヴィクは笑顔で部屋を出るとドアをそっと閉め、居間に戻った。DVから逃れてきた女性を支援する慈善活動の一環として助成金申請書を書かなければならない。

ヴィクは座ってノートパソコンを立ちあげ、女性たちのペットの世話に必要な資金を得るために、複雑な申請書をなんとか書きあげた。経験からよくわかるが、ペットを残していくことへの不安は、女性が家を出る際の妨げになりがちだ。この助成金と募金活動はその助けになる。

そのとき、玄関のドアベルの音が平穏な時間を切り裂いた。できれば無視したいが、このままベルが鳴りつづけたら、ニックが目を覚まして泣きだすだろう。ヴィクはさっと立ちあがり、ベビーモニターをチェックした。ニックはまだ眠っているが、ドアベルが再び鳴ると、小さく身じろぎした。

「今行くわ……」ヴィクは少し声を大きくしながら玄関に向かい、ドアを勢いよく開けた。

そのとたん、彼女の心臓も勢いよく打ちだした。

玄関ポーチに立っていたのは、ヴィクの夢や夢想に何度なく現れた男性だった。以前、彼は自ら出向かずに代理人をよこした。ヴィクはニックのために失望したのだと思っていたが、実は自分自身のためにも失望していたのに気づいてぞっとした。心の底では切実にもう一度サンドロに会いたかったのだ。それでも、彼が自分に会いたがっていないのはよくわかっていた。もしお互い同じ気持ちだったなら、再会して、かつての情熱をよみがえらせる絶好の口実になるのだから。

結局、アレッサンドロ・バルドーニはよくいる男性たちと変わらなかった。ただ、ランスが言ったように、子供の人生には国王などいないほうがはるかに楽だった。

今、ヴィクはランスの言葉がいかに見識に満ちていたかに気づいた。

「ヴィク」

この声だ。穏やかで低い、夢で聞いた声。今さらまた会えるとは思ってもいなかったサンドロが目の前にいた。オープンネックのシャツにカジュアルなズボンという王らしからぬ装いだが、どちらも明らかにオーダーメイドだ。

サンドロがサングラスをかけているのがヴィクにはありがたかった。二人で過ごした夜、彼はヴィクの心が読めるかのようだった。もしサンドロがサングラスをはずしたら？　彼女は家の中へと後ずさった。彼には私に平静を失わせる何かがある……。

いいえ。

私はもう弱い人間じゃない。以前は自分の悲しみや肉体的、精神的な痛みを薬でごまかし、傷ついているのに平然とした顔をしていた。でも、今は違う。逃げるのではなく、戦うつもりだ。

「ここで何をしているの？」

みじんも歓迎の感じられない挨拶に、サンドロの完璧な唇の端がわずかに上がった。彼は何を期待していたのだろう？　それでも、心を裏切るようにかすかなほてりがヴィクの体に広がった。あの唇がこの体を隅々まで探ったのだ。そして私はそれ以上を渇望した。終わりにしてほしくなかった……。

もうやめなさい。

「僕は……ニコライに会いに来たんだ。誕生日を祝うために」

息子の名を口にしたときのサンドロのためらいがちな言い方が気に障った。

親権を母親が持つことが確定してから、ヴィクはサンドロが正式に認知していないのを喜んでいた。ニックが生まれた瞬間から望んでいたのは、貴族や王族が背負う期待と無関係でいられる、ごくふつうの幸せな生活だった。公爵である兄の苦労を間近に見てきて、王とその後継者にかかるプレッシャーは想像に難くなかった。そして自分勝手だと思いつつも、何物にもニックを奪われたくなかった。内戦によって引き裂かれた国に息子が連れていかれることも望んでいない。その内戦でサンドロは両親を失い、亡命せざるをえなかったのだ。

すべてを失った少年のころのサンドロを思うと、今でさえ胸が痛む。息子の父親、そして自分が至福の一夜をともにした男性について知ったとき、ヴィクは衝撃を受けた。彼は過酷な現実を生き延びたのだ。しかし、不幸な形で両親を亡くしたサンドロが我が子を知ろうとしないのは納得がいかなかった。ヴィクはまだ幼いニックに、父親が誰か、そして父親の祖国がどんな国かを教えるつもりだった。サンドロの態度は理解できなかったものの、悲惨な結婚生活を経験して、男性というものが理解しがたい存在であることは受け入れていた。

「ニックは寝ているわ。プレゼントをありがとう」

「プレゼント？」

おそらくサンドロはスタッフに手配をまかせっぱなしで、何を贈ったのかさえ知らないのだろう。

サンドロの後ろに、夏には暑すぎるジャケットを着た男性と女性が控えていた。二人は緊張をみなぎらせて外の通りを見まわし、サンタ・フィオリーナの公用語であるイタリア語で何かささやき合っている。

「警護官を連れているんだ」初めて会ったときよりも少しアクセントの強い口調でサンドロが言った。「入ってもいいだろうか?」

ヴィクのうなじに奇妙な感覚が走った。男性警護官は彼女にほほえみかけ、女性警護官は通りを監視しつづけている。威圧的というわけではないのに、なぜ脅威のようなものを感じるのだろう? それは王が目の前にいるからだ。この状況は尋常ではない。ヴィクはドアノブを強く握った。サンドロも彼女にほほえみかけたが、それはあの夜の温かい笑みではなく、鋭さを秘めたものだった。

いくらいきなり押しかけてきたからといって、王を玄関に立たせておくわけにはいかない。

「もちろんよ。どうぞ」

ヴィクが脇に寄ると、サンドロが入ってきた。その存在感に玄関ホールが急に狭くなったかに見える。かつては彼の大柄な体に安心感を覚えたものだが、今はまるでこの場の空気を吸い取られたような息苦しさを感じた。警護官があとに続くと、ヴィクはドアを閉めた。なぜか急に追いつめられた気分になっていた。

男性警護官がイタリア語で話しだした。いつかニックがサンタ・フィオリーナへ行きたがったときのために、ヴィクはイタリア語を勉強していた。先日訪れた代理人のミスター・ファルコーニが自らイタリア語を教えようと申し出たが、彼女は丁重に断った。彼が自分に向ける視線に不快感を覚えたからだ。代わりに携帯電話のアプリで学びはじめた。

「すまないが」サンドロが言い、ヴィクを現実に引き戻した。「警護官が君の家を調べたいそうだ。僕の安全を守るために」

サンドロがサングラスをはずすと鮮やかな青の瞳が現れ、ヴィクは息をのんだ。夏の空を思わせるあの瞳を何度思い出したことか。二人が分かち合った情熱も。今はそこに情熱はない。ただ、大海原のような底知れない冷たさがあるだけだ。

ヴィクは断ってもよかった。ここは自分の家――街から離れた安心できる場所なのだから。

だがヴィクは、なぜあの夜ああいうことになったのか、なぜ相手が自分だったのか、サンドロにきいてみたかった。もっとも、もっと重要な他の疑問に比べれば、それはどうでもいい。

たとえば、サンドロは多くのものを失ったのに、なぜ息子と関わりを持ちたがらないのか。

ヴィクは女性警護官に向き直った。「家も庭も見てまわってかまいませんが、二階のドアの閉まった部屋には入らないでください。そこは息子が寝ているので」

警護官がうなずき、男性警護官と一緒に家の中に消えていった。ヴィクとサンドロは小テーブルと傘立てとコート掛けのある玄関ホールに気まずく取り残された。サンドロが尊大に黒い眉を上げた。

「中を見たい？」マナーを忘れてはいけないと自分に言い聞かせながらヴィクは尋ね、サンドロがうなずくと、居間に案内した。彼が後ろにいると思うと、肩甲骨の間がうずうずする。「紅茶、コーヒー、水……何がいいかしら？」

「いや、けっこうだ」

二人の会話はぎこちなかった。サンドロはまるで何かを待っているかのようだ。それが何かはわからない。ヴィクはソファを手ぶりで示したが、彼は立ったまま部屋を見まわした。

サンドロには散らかっているように見えるだろう。ヴィクにとっては温かく快適で家庭的な部屋だった。床にはヨガマットが敷かれ、おもちゃが散乱している。コーヒーテーブルの上にはノートパソコンと、イタリア語で書かれたサンタ・フィオリーナについての記事のスクラップブック。ガイドブックを買えばすむ話だが、記事を貼り、自分で絵を描いたり文章を添えたりするのは楽しい。そうやって息子と父親の祖国を結びつけたかった。

ヴィクは頬を染め、Tシャツを引っぱった。バーでサンドロに声をかけられたとき、彼が自分のどこを見ていたのか、今となってはわからない。だが、そんなことはどうでもよかった。もはや過去だ。今は息子のこと、慈善活動のことだけを考えたい。それが自らでどうにかできるすべてだ。

警護官たちが戻ってきて、サンドロに何かささやくと、玄関ホールに戻っていった。

「お好きな椅子にどうぞ」ヴィクは言ったが、サンドロは自分を中心にして世界が回っているとばかりに、断固として部屋の真ん中に立っていた。サンドロの国ではそうなのだろう。だからといって、彼に合わせる必要はない。ヴィクは睡眠不足で疲れていた。ニックは歯が生えはじめたばかりで落ち着かず、このところ新生児のように夜中に何度も目を覚ますのだ。「驚いたわ。あなたの息子はついに王家の最優先事項になったの？」

確かに今日はニックの誕生日だが、一年九カ月も音沙汰なしだったことを思うと、妙な気がした。この家に王がいるのを現実離れしていると感じているだけなのかもしれないが、それ以上にサンドロは緊張しているように見えた。

サンドロが両手をきつく握りしめた。顎がこわばり、神経が張りつめているのがわかるが、ヴィクにはその理由がわからなかった。まるで敵の陣地に足を踏み入れたかのようだ。ニックにはいつでも会ってくれていいと伝えてきたのに。

「今がふさわしいときだと思ったんだ」

ヴィクにはサンドロが来るのをじっと待っているより他にすることがないかのような言い方だった。

「私にとってはふさわしいときではないかもしれないわよ」

サンドロに鋭いまなざしを向けられると、まるでキツネに狙われたウサギみたいにヴィクはその場に釘(くぎ)づけになった。「僕はここに来るべきでなかったというのか」

おもしろいことにそれは質問ではなかった。

「私には私の生活があるのよ」

サンドロが部屋を見まわし、ニックが破ったまま床に放り出した包装紙やおもちゃに目を留めた。母親であることが最優先の私を批判しているのだろうか？　彼がここに来たのはそのため？　王家の代理人にニックの歯が生えはじめていることや、自分が疲れていることを話したとき、ベビーシッターを雇うよう勧められたのを思い出した。サンドロはこの部屋を見て、私の育児に疑問を感じているのだろうか？　ヴィクは歯を食いしばった。

「いきなりやってきた人の気まぐれにつき合う義理はないわ。出直してくれる？　ニックが起きているときに」

サンドロが自分の顔を撫(な)でおろし、緊張を帯びた視線を向けた。ヴィクがサンドロのとりこになり、彼も自分に夢中になっていると信じていたあの夜と同じく。彼女はいまだにサンドロのとりこだったが、今ではその正体を知っていた。これはただの欲望だ。

「明日また来ることはできない。今夜発(た)つんだ。その予定は変えられない」

ヴィクの心拍数が上がった。「どういう予定なの？」

「国を立て直すのに一年以上費やした。今はずっと手をつけないでいた重要な問題の解決に当たっている」

サンドロはじっとしていられないように部屋の中を歩きまわり、写真が飾られた書棚の前で立ちどまった。ニックの写真、結婚式当日のランスとサラの写真、披露宴に出席しているヴィクの写真。彼女は兄夫婦のために幸せそうにほほえんでいるが、幸せではなかった。インターネットからダウンロードしたサンドロの写真は、パパと書かれた額縁に入れられていた。おかしいと思われるかもしれなくても、ニックには自分の父親が誰なのか知っていてほしかったのだ。

悔しいけれど、ヴィクは息子の父親を忘れることができなかった。

「あれは……僕だ」サンドロの声は妙に静かで、驚きがにじんでいた。

「ニックは父親を知る必要があるのよ」

サンドロの写真を額縁に入れたのは、親権に関する書類にサインしたときに息子のためにしたことだった。だが、むしろ自分のためだったのかもしれないと思うと自己嫌悪を感じる。

「あの子は君にとって大切な存在のようだ」

「なんておかしなことを言うの？」ヴィクは声をあげた。ただ大切なだけではない。ニックは彼女にとってすべてだった。「あの子は私の息子なのよ」

ベビーモニターからニックが鼻を鳴らす音が聞こえ、ヴィクは画面をチェックした。息子が寝返りを打ち、軽くいびきをかきはじめた。

「僕の息子でもある」

ヴィクは息が詰まった。それさえ言えば許されると思っているだめな父親がどれほどたくさんいることか。サンドロが本当に息子を気にかけているのなら、さっさと会いに来ていたはずだ。

「遺伝子を提供しただけでは父親とは言えないわ」

「それは痛いほどわかっている」サンドロが歯を食いしばった。

サンドロの家族の悲惨な歴史も言い訳にはならない。ヴィクの家族の歴史も薔薇(ばら)園のように美しくはなかった。あの夜の彼の言葉どおり、誰にでも背負うべき十字架がある。

「だからあの子に特別な贈り物を持ってきたんだ」

サンドロの言葉に、ヴィクは我に返った。「あれで十分じゃない？」床に置かれた太鼓のほうを顎で示す。これから数カ月間、ニックが飽きるまで私の悩みの種になるだろう。

サンドロが眉をひそめた。やっぱり。彼は自分でプレゼントを選んだわけではない。息子のことなど気にかけていないさらなる証拠だ。

ヴィクはため息をついた。「それでどんな贈り物なの？」

「それは……あとのお楽しみだ」

「一歳の子に〝あとのお楽しみ〟なんてないわ。なぜここに持ってこなかったの？」

「警護上の理由だ。だが、今のところ僕が与えることのできる最大の贈り物だ」

ヴィクは血が凍る思いがした。王が我が子に何を与えるというの？　最大の贈り物って……。「あの子を正式に認知するの？」

それはニックがサンドロの後継者になることを意味する。つまり、サンドロが私からニックを奪うことを。

「そうしてほしいのか？」サンドロの声は穏やかで期待に満ちていた。

でも、なぜ認知に警護が必要なのだろう？　親権についてはすでに合意している。裁判所を通した正式なものだ。ヴィクはいぶかしげに目を細め、冷ややかに彼をにらみつけた。王族には、法的文書に関係なく自分の思いどおりにするすべがある。二人が親権について合意したことを彼に思い出させなくては。

「私の答えはよくわかっているはずよ」

サンドロが彼女に背を向け、肩をすくめた。「今日の午後、僕の泊まっているホテルに来てほしい」

ベビーモニターに映るニックが再び寝返りを打った。息子にはこのまま眠っていてほしいとヴィクは願った。そうすれば、サンドロはとりあえず帰るだろう。そうしたら、私は平静を取り戻せる。

「あなたが別の機会に来てちょうだい」

「この微妙な時期に国を離れるのはむずかしい」

なぜサンドロが息子に会いたがらないのかとヴィクが詰め寄ったとき、ミスター・ファルコーニも同じようなことを言った。サンタ・フィオリーナの政情が不安定だからだと。そんなときに国外に非嫡出子がいることが世間に知れ渡れば、状況はさらに悪くなるとも言っていた。おそらく本当だろう。自分のせいで誰かの祖国に争いを引き起こしたくはない。

「アフタヌーンティーでもどうだい？　僕が発つ前に一緒に過ごさないか？　僕の運転手が帰りも家まで送る」

「車にチャイルドシートはある？」

サンドロのほほえみは明るく、部屋全体を照らすかのようだった。「ああ。途中でニックのことを話そう」

あまりにも魅力的な誘いだった。ヴィクは二人が情熱を交わし、互いに喜びを堪能した夜のことを思い出さずにはいられなかった。あのときは頭がくらくらするような欲望しかなかったけれど、今それはない。この質素な部屋に堂々と立っている男性を見て、ふいに彼がここにいるのは正しいという感覚に襲われたヴィクは、必死にその感覚を振り払おうとした。王というのはいきなり贈り物を携えて玄関先に現れるのではなく、弁護士などを通して事前に連絡してくるものだ。彼女は驚かされるのが好きではなかった。

「どこに滞在しているの？」

「なぜきく？」

ヴィクは深呼吸をした。「お茶をご一緒するのなら、その場所と、予約してあることを確認したいからよ」

「確かに」サンドロがきまじめに言いながら、口角を上げてにやりとした。そして、王族やセレブがよく利用することで知られるロンドンのブティックホテルの名前を口にした。「ホテルの支配人に電話するから、確認するといい」彼は携帯電話を取り出し、電話をかけた。「ミスター・アーノルド」電話の相手が何か言うのが聞こえ、サンドロがヴィクを見た。「今日の午後、私のスイートルームに来客がある。その客が確認したいことがあって……」そこで携帯電話をヴィクに手渡した。

いったい何が言えるだろう？　私は王を信用していませんとでも？　それは真実かもしれないけれど、公に認めても意味はない。

「ヴィクトリア・アスティルです」

「レディ・ヴィクトリア」支配人が言った。彼にはかつて華やかな生活を送っていたときに一度だけ会ったことがある。以前の敬称で呼びかけられるのは不思議な感じがしたが、兄は名高いベドモア公爵なのだ。有名なのはもはやそのプレイボーイぶりではなく、美しい妻との壮大な愛の物語のためだが。

「なんなりとお申しつけください」

もっともらしい作り話をしなければならない。

「陛下が言われたように、今日の午後、一歳の息子を連れてそちらに伺うつもりですが、息子のために何かお願いできますか？」

「もちろんです」支配人が答え、二人はニックのアレルギーや好き嫌いについて話し合った。少なくともサンドロが本当のことを言っていると確信できた。

ヴィクは、支配人に礼を言って電話を切った。

「これで信用してもらえたかな？」

「ええ。でも、まだ――」言いかけたとき、ベビーモニターから泣き声が聞こえた。画面をのぞくと、ニックが起きあがって耳を引っぱっていた。選択肢は一つしかない。「あの子を連れてくるから、ここで待っていて」

ヴィクははらはらしながら子供部屋へ向かった。サンドロがニックに会うと思うと、息子の何かを奪われる気がして怖かった。だが、そう思うのはニックにとってフェアではない。たとえロンドン中心部へ行くことに不安があったとしても、息子を知りたがっている父親をニックから奪ってはならないはずだ。父親の贈り物が何を意味するのか、誰にもわからない。サンドロはただ息子にポニーを贈りたいだけかもしれない。あるいは、もしかすると……王冠のような家宝を贈りたいのだろうか。彼女は神経質に笑い、子供部屋のドアを開けた。

「坊や、歯が痛いの？」

ニックは相変わらず片手で耳を引っぱり、もう一方の親指を口にくわえていた。ヴィクは息子を抱きあげ、頭にキスをした。

「あなたのパパに会いに行きましょう」

サンドロが家にいる今、〝パパ〟という言葉は妙に舌になじんだ。ヴィクはおむつが濡れていないのを確認し、階段を下りて居間に向かった。

部屋に入ると、サンドロが振り返った。自分が見ているものが信じられないかのように、目を見開いてゆっくりと近づいてくる。ニックがそちらに顔を向けると、ヴィクはささやいた。「あなたのパパよ、ダーリン」

「子供のころの僕によく似ている」サンドロがごくりと唾をのんだ。

ヴィクはニックが生まれた瞬間からわかっていた。自分は永遠にこの子の父親のことを忘れられないだろうと。実際、毎日息子を見るたびに、今目の前に立っている男性を鮮明に思い出してきた。

「この子に僕のミドルネームをつけたんだな。僕の父の名前を」サンドロはヴィクに話しかけながら、視線は彼女の腕の中の小さな男の子に釘づけだった。

「お礼を言わなければ」

サンドロの口調には悔いらしきものが聞き取れた。長く離れていたことへの自責の念だったのかもしれない。ヴィクがその名前を候補に挙げたとき、王家の代理人は思いとどまらせようとしたが、彼女は心の奥底で自分が選んだ名前が正しいと確信していた。サンドロの父親について調べ、立派な人物だったのはわかっていた。だから息子は国民に愛された父方の祖父と、愛すべき夫であり慈善家である母方の伯父にちなんでニコライ・ランスと名づけた。

サンドロにニックを抱かせるべきだとわかっていたが、ヴィクは愛する息子を他の誰かの手にゆだねたくなかった。今はまだ。まるで何か重大なことが起ころうとしているかのように沈黙が重くのしかかる。ニックがヴィクの肩から頭を離し、いつかそっくりに成長するはずの男性の顔を見あげた。この無言の対面を目の当たりにしたヴィクは、自分の決意が揺らぐのを感じた。サンドロはまるで幽霊でも見たみたいな表情で、その顔には隠しがたい無数の感情がせめぎ合っている。彼はこの子に会いたかったのだ。なのに、なぜ会いに来なかったのだろう？

ニックが小さな手を伸ばし、まるで届かないところにある何かをつかもうとしているかのようにその手を開いたり閉じたりした。

「パ！」

そしてその瞬間、ヴィクは自分の人生が二度と元には戻らないことを悟った。

2

サンドロは息子を見るべきか、あるいは自分を破滅に導いた女性を見るべきかわからなかった。破滅と呼ぶのは、一瞬でも気をゆるめると、彼女との完璧な一夜の思い出で頭の中が独占されるからだ。

実は、サンドロは安全保障と貿易関係の改善の交渉を目的としたイギリスへの極秘渡航を手配しながら、もう一度だけヴィクと会って魔法のようなひとときを過ごせないかとひそかな夢想を抱いた。そして、警護チームに彼女を捜すよう指示した。ヴィクがまだ独身かどうか、こちらの連絡を歓迎するかどうか確認するためだ。

やがて判明したのは、悪夢のような事実だった。

〝陛下、問題があります〟という警護主任の言葉はいまだに耳にこびりついている。ヴィクには子供がいた。追放された従弟(いとこ)が定期的に彼女に会い、送金しているという報告もあった。子供の出生証明書には父親としてサンドロの名前が記されていたという。真実なのか、それとも手の込んだ策略なのか。もう一人の非嫡出子が祖国にとって何を意味するのかを考えると、サンドロは冷たい恐怖でいっぱいになった。サンタ・フィオリーナは一度、非嫡出子である叔父とその野心的な妻が起こしたクーデターによって破滅寸前に追いこまれたのだ。

二度とそういう事態が起こらないようにすることがサンドロの務めだった。

避妊具が破れていたとわかったとき、妊娠する可能性はないとヴィクに告げられたことが思い出された。あのとき彼もそれを信じたのだった。

すべて嘘(うそ)だった。

口の中に苦い味が広がった。あれ以来一度も訪れていないロンドンの会員制クラブのスイートルームで、あの夜サンドロは過去も未来も忘れ去った。彼が望んでいたのは、祖国を背負うアレッサンドロ・ニコライ・バルドーニではなく自分自身でいられるひとときだった。

ところが、翌朝目覚めるとヴィクはおらず、メモに短いメッセージとキスを表すしるしだけが残されていた。

〈ありがとう〉

警護主任から報告を受けるまで、サンドロはそのありがとうという言葉にすがりつづけた。だが、ひそかに自分の子供が生まれていたとわかると、その瞬間から彼の警護チームはヴィクについて徹底的に調べるために不眠不休で働き、海外の口座から彼女への送金を突きとめた。サンタ・フィオリーナから追放される前に従弟が国庫から盗んだ金だろう。サンドロの子供ではないかもしれないが、王位への返り咲きを企（たくら）む邪悪な従弟に利用させてはならないと、警護チームは子供の奪還計画を練りはじめたのだった。

「パ！」

さっきの繰り返しだが、今度はもっと力強かった。ニックは目を見開き、ふっくらした手で何かを、いや、誰かをつかもうとしている。

僕を。

「なんと言っているんだ？」DNA鑑定などしなくても我が子とわかった赤ん坊と向き合っている感動で、サンドロは喉を詰まらせながら尋ねた。幼いころの自分にそっくりだ。名づけ親が持っていた数少ない写真は今も大事にしている。

ヴィクが一歩前に出て、ためらった。あの夜ハイヒールをはいていた彼女は長身に見えたが、今は小柄に感じた。着古したTシャツと黒いレギンスを身につけた姿はどこか弱々しいのに、こちらに向けた目には雌虎のような強さがある。サンドロは最終手段を取る前にまず自分が接触すると警護チームに伝えていた。ヴィクを説得できるはずだからと。調査によって判明した事実を考えれば彼女のことなど何も知らないも同然なのに、なぜそんな確信を持ったのかわからない。

熱い何かがサンドロの中にわきあがり、血管を流れて、より強烈なものに取って代わられた。この女性がいまだに自分をとらえている得体の知れない魅力に対する怒りがこみあげる。しかし、彼はその怒りにのまれまいとした。息子の前では穏やかにふるまうと決めていたのだ。

「パパと言っているのよ」

サンドロはひび割れた心が金糸で縫い合わされた気がした。この瞬間、自分は永遠に変わったと悟った。

サンタ・フィオリーナの真の王であるアレッサンドロ・ニコライ・バルドーニの血筋を守るために、結婚し、子供をもうけなければならない日が来るのはわかっていた。それはすべて義務のように思えていたが、実際にはまったく違った。

ニックが母親に抱かれたままサンドロのほうに手を伸ばしたが、空気しかつかめなかった。サンドロはどうしたらいいのかわからなかった。息子との対面は想像していたよりもはるかに衝撃的だった。

「この子を抱いてみたい?」ヴィクの声はかすれていた。感情がこみあげたせいかもしれないが、サンドロは彼女を信用する気になれなかった。この策士は必要なら空涙だって流すだろう。サンドロがうなずくと、ヴィクがニックを差し出し、息子はあっさり彼の腕に抱かれた。

ニックがサンドロをじっと見つめてから、両手を上げて彼の頬を撫でた。本物かどうか確かめるように。息子は思ったより軽かったが、体つきはしっかりしていた。将来何が起こるかわからないが、サンドロはこの子を必ず守ってみせると心に誓った。

「誕生日おめでとう、僕のかわいい王子(ミオ・ピッコロ・プリンシペ)」サンドロはささやいた。今すぐ息子をここから連れ去り、その身を守りたかった。

「私もこの子を小公子(リトル・プリンス)と呼んでいるの。今のイタリア語はそういう意味でしょう？」

サンドロはヴィクに目を向けた。彼女の瞳には悲しげな影が差していた。出会ったときに彼の心をとらえたのと同じ影が。だが、唇には穏やかなほほえみが浮かんでいた。

「ああ。父が僕をそう呼んでいたんだ」

なぜ子供のころの記憶がよみがえったのか、なぜヴィクにそれを話したのか、サンドロにはわからなかった。しかし、ニックの存在を知らされて以来、長い間封印していた家族の記憶が復讐心(ふくしゅうしん)とともによみがえってきたのだ。

ヴィクの肩から力が抜けたように見えた。「ホテルでお茶を飲むのなら、そろそろ出ましょう」

安堵(あんど)感を覚えながらサンドロはうなずいた。すぐにニックの安全は保証される。そうしたら息子の二枚舌の母親に対処しよう。だがヴィクを見ていると、悪女には思えなかった。無造作におもちゃが散らばった部屋もヴィクもニックもごくふつうに見える。

「着替えてくるわ。ニックを返して」

サンドロは一瞬たりとも息子を放したくなかった。

「僕が抱いている」

ヴィクが玄関ホールに続くドアに目をやった。そこには警護官が立っていて、彼の指示を待っている。

「ごめんなさい、この子を見知らぬ人たちの中に置いていくわけにはいかないわ。おむつを替える必要もあるし」

サンドロはヴィクをどなりつけたかった。誰のせいで僕が息子にとって見知らぬ人になったんだ？　しかし、自分を抑えた。今は忍耐が大事だ。祖国の王座につくのに二十五年も待ったのだ。ほんの三十分待てないわけがない。

ニックが無事である限り。

サンドロがしぶしぶニックをヴィクに渡すと、息子は母親の首元に鼻をすり寄せた。少なくとも息子は母親を愛している。サンドロは両親を思い出した。両親の愛は彼にとって常に道しるべだった。だが、笑いにあふれた日々はもう取り戻せない。

彼は悲しみを封じて自分に言い聞かせた。思い出にひたる時間は終わった。今、ここにあるものが僕のすべてだ。

ヴィクがニックを連れて部屋から出ていったとき、サンドロはむしょうに引きとめたくなった。すぐさま警護官が部屋に入ってきた。彼らが何もかも聞いていたのはわかっている。今日のことはすべて周到に計画されているのだ。

「陛下」

「何か脅威となるものはあったか？」

「今のところありませんが、迅速に行動しなければなりません。この計画を遂行するにはもっと効率的に動かなくては」

サンドロはその意味をよく理解していた。今日、この家で何が起こるかが唯一の予測不能な要素で、ぎりぎりまで話し合いが行われたが、彼は反発を感じていた。効率的に動くとは、いざとなれば相手に強制することを意味する。女性や子供に対してそんなことはしたくない。ヴィクに恨みを抱いてはいるものの、卑劣なまねはしたくなかった。

「見てのとおり、その必要はない。彼女の携帯とパソコンはここにある。固定電話はない。彼女に何ができる？　周辺を監視しているんだろう？」

警護官たちがうなずいた。彼らの任務はこの家と通りの安全を確保することで、サンドロの役目はヴィクとニックを車に乗せることだった。彼女に再会し、息子と対面した衝撃に圧倒されて無駄な時間を使ったが、もう大丈夫だ。

ヴィクがどうふるまうと思っていたのか、今となってはわからなかった。怒りをぶつけてくると思っていたのか？　もっとショックを受け、恐怖さえ抱くと？　しかし結局のところ、僕の存在は受け入れられたようだ。この状況を考えると不思議だが、それに甘んじてはならない。今はまだ。目の奥にいつもの痛みを感じ、彼は鼻梁（びりょう）をつまんだ。頭痛は、一年前に起きた交通事故の後遺症だ。警護主任に言わせれば、それは未遂に終わった暗殺計画だった。

ニックは、王位奪還をもくろむ従弟（いとこ）グレゴリオの計画の一端を担わされている。そんな計画をみすみす成功させるわけにはいかない。父はクーデターを起こして自分たちを倒した異母弟のことをまったく理解していなかったが、サンドロは同じ過ちを犯すつもりはなかった。

コーヒーテーブルに置かれたベビーモニターから声がした。柔らかく、快活な声だ。サンドロはモニターに近づいた。ニックを抱いたヴィクが陽気な声で話しかけていた。息子を着替えさせたりおむつを替えたりするのを見て、全身が締めつけられた。

「パパがあなたにプレゼントがあるんですって。何かしらね。太鼓よりいいものだといいけど。でも、あなたはあれが気に入ったのよね？」

太鼓？　サンドロはヴィクが何を言っているのかわからなかった。

ヴィクが大きなバッグを腕にかけ、ニックを抱きあげた。「さあ、行きましょう」

警護官が再び玄関ホールに移動し、サンドロは一人になった。しばらくして、ヴィクがニックを抱いて居間に戻ってくると、サンドロは息をのんだ。彼女は瞳の色を引きたてる青いブラウスを着てジーンズをはいていた。髪はゆるいアップスタイルで、唇にはリップグロスをつけている。頬をピンクに染めたヴィクは生き生きとして美しかった。そんな彼女に即座に反応した自分の体をサンドロは嫌悪した。

「ノートパソコンの電源を切らなくちゃ」ヴィクがニックを床に下ろし、パソコンに向かうと、サンドロの警戒心がよみがえった。しかし、彼女はいくつかの画面を閉じてシャットダウンし、テーブルから携帯電話と小ぶりな本を取りあげて大きなバッグのポケットに入れただけだった。「準備ができたわ。ニックを抱いていきたい？」

サンドロは小さな息子を抱きあげ、ほほえんだ。この家を訪れて怒りを抑えなければならなくなってから初めて浮かべる本物のほほえみだった。彼はヴィクを外に止められた車へと促し、乗りこませた。すべてが計画どおりに進んでいた。ようやくここまでこぎ着けた。ニックはチャイルドシートに座らされ、シートベルトを締められた。ヴィクがおもちゃを手渡すと、さっそくそれをかじった。

渋滞を考えても三十分ほどで着くだろう。そこからサンタ・フィオリーナへ向かう。安全に。

車が走りだすと、警備車両が前に回った。まだやるべき仕事はあったが、サンドロは座席の背にもたれて目を閉じた。頭痛がやわらいできた。

「大丈夫？」

ヴィクの声は穏やかでやさしかった。サンドロは驚いて目を開け、彼女を見た。「ああ。この数カ月、ずっと忙しかったんだ」

亡命中に故郷と呼んでいたイギリスへの極秘渡航が急遽息子の奪還計画へと形を変えたのだ。

「国があういう状況にある中で王になったら、忙しいのも当然だわ。私には想像もできない」ヴィクが窓の外を見て眉をひそめた。「違う道を行くんだと思っていたけれど……」

「道路工事が行われているようだ。警護官は渋滞に巻きこまれるのを望んでいない」いったんヴィクを車に乗せたら、彼女に話をさせて気を散らすよう警護主任から言われていた。「幼い子供がいて、君だって忙しいだろう」

ヴィクが道路から目を離し、ニックに視線を戻した。そのまなざしは温かく、愛に満ちている。従弟に加担するような者がそんな感情を抱くだろうか？

おそらくヴィクはだまされたのだろう。だが、金を受け取っていたのは事実だ。やはり彼女は従弟と共謀している。サンドロは改めてそう確信した。

「そうね、信じられないくらい大変よ。休んでいる暇なんてないけど、この子は私のすべてなの」

「養育係(ナニー)はいないのか？」

ヴィクが顔をしかめた。「子育てを誰かにまかせたくなかったの。兄夫婦は二人ともニックが大好きよ。私が仕事をするときに手伝いに来てくれる大学生もいるわ。でも、ナニーはいない。あなたが知らなかったなんて驚きだわ」

僕が何を知っているべきだったというんだ？　息子のことはつい最近知ったばかりなのに。そのときニックが車の床におもちゃを放り投げ、ヴィクが拾って渡したが、息子はまたそれを投げ捨てた。ヴィクはバッグをがさがさとかきまわすと、何かを取り出し、包装から出してニックに差し出した。

「ラスクを食べる、ダーリン？」

ニックがラスクを手に取り、かじりはじめると、ヴィクはまた窓から外を見た。車がロンドンとは反対の方向に進んでいることに気づかれたくはない。だが、車に乗っている間は騒がないでくれるだろう。

「ニックはずっと……いい子だったかい？」身近に子供がいなかったサンドロは、何をきけばいいのかわからなかった。

ヴィクが眉をひそめ、ため息をついた。「報告書を読んでいないのね。この子は今、歯が生えてきていて落ち着かないから、夜眠れなくてちょっとご機嫌ななめなの。新生児のころはいつも上機嫌で笑っていたわ。真夜中のいわゆる魔女の時間にひどく泣くこともあったし、疝痛(せんつう)に襲われることもあったけど、それ以外は天使みたいだった」

サンドロは魔女の時間というものを知らなかったし、疝痛については馬の病気だと思っていた。我が子が苦しんでいたと考えると寒気がした。この女性のせいで、どれだけ貴重な経験を逃してきたことか。

「今日は渋滞がひどいのね」

サンドロはヴィクに話をさせなくてはならなかった。彼女の注意を車の外に向けさせないために。

「何か重大な出来事はあったかい？」警護チームが作成した調査書を読んでヴィクについて多くのことがわかったが、ニックについては謎のままだった。

まるでサンドロが失望させたかのようにヴィクがまた顔をしかめた。「何も。この子はすくすく育ったわ。あなたが興味を持つかもしれないと思ってアルバムを作ってあるの。家に帰ったら……ああ、あなたは私たちと一緒に帰りはしないのよね」

サンドロはアルバムに興味を持ったが、かすかな罪悪感を覚えていた。ヴィクの目の下には隈(くま)があり、少し疲れた顔をしている。それがなぜそんなに心配なのか、彼にはわからなかった。彼女の健康がなぜ僕にとって重要なんだ？

「妊娠期間と出産後はどうだった？　苦労がなかったのならいいが」

ヴィクがサンドロを見つめた。花崗岩(かこうがん)のように冷たいまなざしだった。「本当に知りたいの？」

サンドロは世間話を続けようとしただけだったが、内心知りたかった。そこでうなずいた。

「つわりのせいで最初の三カ月間はいつもぐったり

していたわ。妊娠中期が一番いいっていうけど、私はそうじゃなかったし、後期は最悪だった。動くのも大変で……」

サンドロにはその大変さを理解するのがむずかしかった。ニックはまだラスクをかじっている。そしてぐちゃぐちゃになったそれを彼に差し出した。

「パ！」

「僕は父をパパと呼んでいた」言葉が口からほとばしり出た。鼻の奥がつんとするのをこらえ、サンドロは呼吸を整えた。遠い記憶が断片的によみがえってきた。週末の田舎暮らし、六歳の誕生日に贈られたウサギ……。

そういう穏やかな思い出も感情も今のサンドロの人生にはなかった。そんなものは自分を弱くし、果たすべき任務を果たせなくするだけだ。僕はすでにニックの人生の一年を失った。もうこれ以上失うつもりはない。僕には息子に対する責任がある。王としての権力を最大限に利用して息子を守らなければ。

「本当に大丈夫なの？」

またサンドロを案じる声が聞こえた。なぜヴィクが心配しつづけるのかわからなかったが、かたくなな心の一部がやわらぎ、彼女について考え直したくなった。やはりヴィクは……。

いや、違う。

サンドロは女性がどれほど危険な存在になりうるかを知っていた。叔母は叔父とともに両親の命を奪った。ヴィクに不利な証拠はいくらでもある。存在を隠していた息子。彼女のもとを訪れた従弟。彼女の銀行口座に振りこまれた金。これ以上知る必要のあることは何もない。

「ああ。なぜそんなことをきくんだ？」

「あなたは幼くしてご両親を亡くしたわ。子供を持つと、昔を思い出さざるをえないものよ」

サンドロが亡命した経緯はよく知られており、インターネットで調べればすぐにわかる。ヴィクが誰と関わっているかを考えると、彼女が自らその話題に触れたのは驚きだった。

「すべてはもう過去だ」

「そんなことはないわ」

車は今、私設飛行場の近くまで来ていた。特別なはからいで滑走路に直行することを許されたのだ。イギリスはサンドロにとって故郷も同然であり、サンタ・フィオリーナとの結びつきは強い。権力と金が今回ものを言った。まもなく息子は危険から逃れ、従弟が企てた邪悪な計画も阻止されるだろう。

飛行場が見えてくると、ヴィクが窓の外を見た。

「ここはどこ?」

出発してからずっと世間話でヴィクの意識をそらそうとしてきたが、ついに彼女はロンドン市内のホテルに向かっているのではないと気づいてしまった。もっとも、予想よりは遅かった。

「サンドロ?」

サンドロはヴィクのほうを向き、険しい目で見すえた。もう感情を隠す必要はない。

「〝陛下〟だろう」

ヴィクが目を見開き、それから青ざめた。出発前の生き生きとした輝きは消え去っている。サンドロはその表情を知っていた。恐怖だ。

状況が違えば罪悪感を覚えたかもしれない。だが、ヴィクは息子を僕から遠ざけ、僕の家族の命を奪った両親を持つ男と関わりを持っているのだ。

しかし、ヴィクの恐怖は長くは続かなかった。彼女は深呼吸をすると背筋を伸ばし、サンドロをにらみつけた。もし視線で人を殺せるとしたら、彼はたった今、息絶えていただろう。

「こんなことありえない。ここはいったいどこ?」

運転手がスピードを落とし、いくつかのゲートが開いて車を通した。

「見ればわかるだろう。飛行場だ」

サンドロの声は湖に張った氷のように冷たかった。

ヴィクは自分をののしった。なんてばかなまねをしたの！　なぜこんなことを？　それは彼を信じていたからよ。息子という二人が起こした喜ばしい奇跡を彼と分かち合いたかったから。

ここへ向かう途中で疑ってしかるべきだった。私への興味はみんな見せかけだったのだ。自分がサンドロにとってなんの意味もないことを肝に銘じておくべきだった。あの夜を私は決して忘れられなかったのに、彼はそうではなかった。サンドロは今さらなんのために来たのだろう？　私から息子を奪うため？

まさか！

誰かに電話さえできれば。携帯電話は手元にある。ランスにかけよう。兄ならなんとかできるはず。ヴィクはバッグから携帯電話を取り出したが、電波が届いていなかった。

「電話が使えないわ」誰にともなくつぶやく。

「ああ」

サンドロの一言で、意図的に通信が遮断されているとわかった。そして、本物の恐怖がじわじわと襲ってきた。ヴィクは息をするのもやっとだったが、ニックのためになんとか平静を保とうとした。息子を守れるのは私しかいない。自分自身を救えるのも。

「なぜ飛行場にいるの？」

理由はわかっていたが、サンドロの口から聞きたかった。滑走路にはジェット機が止まっている。動きがあわただしくなった。前のSUV車から警護官と思われる人たちが降りてくる。彼女が振り向くと、後ろにも同じような人たちがいた。サンドロ側のドアが開いた。

「これからサンタ・フィオリーナに向かうからだ」

サンドロが車から降りると、ヴィクも勢いよくドアを開けて外に出た。それから車の後部を回り、彼に近づいていった。サンドロはおおぜいいる黒いスーツ姿の男性たちの一人と立ち話をしている。以前のヴィクは甘んじて現実を受け入れていた。だが、守るべき子供を初めて腕に抱いた瞬間、必要ならこの子のために闘おうと心に決めたのだ。

「だめよ」ヴィクは言った。サンドロも男性たちも見向きもしない。だが、無視されるのはごめんだった。「私が拒否したらどうなるの？」

警護官の一人がサンドロに何か耳打ちした。

サンドロがまったくの無表情でこちらを見た。

「君がどう決めようと、ニックは僕と一緒に来ることになる」

「そうはさせないわ」

「わかっているだろうが、僕はそうする。ニックは長い間、僕から引き離されていたんだ」

「引き離されていた？」サンドロの勝手な言い分にヴィクは唖然とした。「あなたは私の妊娠中も、出産してからの一年間も、報告書を受け取る以外にはあの子になんの関心も示さなかった。報告書を読むことすらしなかったくせに、この子を奪う権利があるとでもいうの？」

サンドロが眉根を寄せた。何か腑に落ちない点があるようだ。「報告書？　とにかく、やむをえない事情があるんだ」

「もし私が今日の午後、あなたと一緒に車に乗ることを拒んでいたら、あなたはどうしたかしら？」

「そういったことも含めてすべて想定ずみだった」

彼の冷然とした話し方に、ヴィクは凍りつきそうになった。車内では会話に気を取られて何も気づかなかった。実の父親に無視され、誰にも愛されずに育ったせいで、人に関心を向けられるとつい話に夢中になってしまうのだ。

「兄は私と連絡がつかなければ私を捜すでしょうね」

「たった今、君のお兄さんは、君がニックと一緒に僕のヨットに乗り、地中海で短い休暇を過ごすことにしたと知らされたはずだ」

ヴィクは口が渇き、言葉が出てこなかった。これは周到に準備された計画なのだ。

サンドロがヴィクから目をそらし、車の後部座席に身を乗り出した。ニックをチャイルドシートから抱きあげるつもりなのだろう。だめだ。もう二度とあの子には触れさせない。ヴィクはサンドロの腕をつかんだ。だが、びくともしない。記憶と同じように筋肉質でたくましいのがわかっただけだ。

「私の息子に触れないで」ヴィクは声を張りあげた。

ダークスーツに身を包んだ男たちがいっせいに硬直し、ヴィクの警戒心はいっきに高まった。完全な静寂が訪れ、滑走路を吹き抜ける暖かい風だけが、地球の自転が止まっていないことをわからせた。数人の警護官が前方に移動したが、サンドロがあいているほうの手を上げると、全員が動きを止めた。

サンドロが振り返り、自分の腕をつかむヴィクの手を見つめた。「ここに君の友人はいない」

ヴィクは手を離した。「ニックを守るためなら私は死ぬまで闘う！　あなたに同じことが言える？」

「ああ」

またしても冷たく落ち着き払った返事が返ってきた。

「どいて」ヴィクはそっけなく言うとサンドロを押しのけて身を乗り出し、チャイルドシートのベルトをはずした。ニックは二人が言い合う声を耳にしたのだろう。後部座席でニックが泣きだした。愛に包まれてきた息子はそれを聞いて怯えたに違いない。大声で泣くニックを抱きあげると、息子が首元に顔をうずめてきた。「大丈夫よ、ニック。大丈夫」

大丈夫ではなかった。私に勝ち目はない。彼らはニックを連れ去り、私は一人取り残される……。

「こんなまねをして気分がいい？」

サンドロがおもむろにポケットから携帯電話を取り出した。「僕が何をしたというんだ？　これを見ろ」そして電話の画面を突き出した。

そこには粒子の粗いモノクロの写真が表示されていた。くしゃくしゃの服の山？　その奥には暗闇が広がっている。焼け焦げたような何か……あれは腕？　ヴィクは気づいた。まるで犯罪現場を写したように見えるが、これは……。吐き気がこみあげた。

「ああ……これは何？」

ヴィクは理解できなかった。あまりにおぞましくて考えることもできず、ただニックを強く抱きしめた。サンドロは私を脅しているのだろうか？　こんな写真を携帯に保存しているなんて、どういう人なのだろう？

「これは僕の両親の亡骸だ。父の母親違いの弟がクーデターで王位を奪ったときに、両親をこんな目にあわせた」

「なぜそんな写真を私に見せるの？　どうしてずっと持っているの？」ヴィクは弱々しい声しか出せなかった。

サンドロが携帯電話をポケットに戻した。滑走路にいた人々は、ある者は飛行機に向かい、ある者は車から荷物を取り出している。ヴィクは久しぶりに自分を取るに足りない存在だと感じた。

サンドロが顎を引きしめ、唇をきつく引き結んだ。

「叔父と従弟のしたことを忘れないためだ。あの男が君に同じことをしないと思っているのか？　あいつが君の家を訪れるのは、僕の息子を利用して王位に返り咲こうと画策しているからだ。君はあいつと接触して金と力を得ようと考えたのかもしれないが、この飛行機に乗らなければ、君とニックの命の保証はない。君は処分されるべきじゃま者とみなされ、僕の息子は永遠に彼の病んだゲームの駒になるだろう」

ヴィクは頭がくらくらし、車のドアをつかんで体を支えた。私の家を訪れたのは王家の代理人だけだ。あれがサンドロの従弟だったのだろうか？　サンドロが言っているのは身に覚えのない話だけれど、ニックと私が危険にさらされているというのは本当だろうか？　私はサンドロのほうこそ警戒していたのに。

「私……わからないわ」

「単純なことだ、ヴィク。君が生き延びるには僕にすがるしかない」サンドロが険しいまなざしでヴィクを見つめた。「人殺しとベッドをともにする前にもっとよく調べるべきだったな」

3

宮殿の広間を側近と通り抜けながら、サンドロは鼻梁（びりょう）をつまんだ。機内で鎮痛剤をのんだものの、暗い部屋でしばらく休まなければ頭痛がぶり返すのはわかっていた。ただ、ここまでの旅は順調だった。飛行場でのやりとりのあと、ヴィクは混乱しつつもおとなしく王室専用機に乗りこんだ。あの写真は彼女に見せたくなかったが、結果的にあれが功を奏し、ニックの身の安全を守れたのだ。

二人のあとをついてくるヴィクは相変わらず無言のまま、息子を腕に抱いている。離陸するときは息子を落ち着かせるために楽しそうなふりをし、そのあとはやさしくあやしながら眠らせた。彼女が息子の存在を隠して何か企んでいたと知らなかったら、それを美しい場面と感じたことだろう。二人を聖母マリアと幼いキリストになぞらえていたかもしれない。だが、ヴィクは汚れなき乙女などではない。

ヴィクのためにしつらえさせたスイートルームに到着した。叔父と従弟が支配していた二十五年の間に宮殿の内装はすっかり変えられてしまったが、この一年で住めるように調えた数少ないスイートルームの一つだ。二人は宝物のような美しい部屋を、権力を握った自分たちにふさわしい居場所にしようとどこも金ぴかにして派手に飾りたてた。王の執務の場であり我が家である宮殿を娼館に変えてしまったのだ。

「ここが君の部屋だ」サンドロはそう言ってドアを開けた。広い部屋の中に入ったヴィクは圧倒されたようすで目を見開いた。豪華な部屋のすべてに気後れしているかのようだ。「衣装だんすに服が入っている」

ヴィクは何も言わず、ただゆっくりとこちらを向いた。わずかに顔をしかめている。

「子供部屋はあのドアの向こうだ」サンドロは指さしたが、ヴィクはそちらを見なかった。何か反応が欲しかった。憤りでも不満でもいい。彼女が飛行場で怒りをぶつけたとき、サンドロはなぜか満足を覚えていた。

ヴィクが石のように硬いまなざしを彼に向けた。

「このばかげた状況についてあなたと話したいわ」

「どうぞ話してくれ」

ヴィクがどうしたいかはわかっていた。イギリスに帰りたいのだ。しかし、その要求には応じられない。彼女にはここにいてもらう。息子を置いて帰るというなら話は別だが。

サンドロはヴィクに抱かれて親指をしゃぶっているニックを見た。幸せそうだ。腹立たしいが、息子は彼女を必要としている。

　ヴィクが警護官のほうを顎で示した。「二人だけで」

「彼らは僕の安全を気にかけている」

「そうかしら。私の家にいたときは私たちを二人だけにしたわ。もっとも、おもちゃの太鼓のばちであなたを刺せるわけでもなければ、ラスクの箱であなたの頭を殴れるわけでもないけれど」ヴィクがサンドロの頭を見て顔をしかめた。「でも、できるなら今この瞬間にもそうしたくてたまらないわ」

「君がどんな危険を僕に及ぼすか、警護官たちはいくらでも挙げることができるだろう」

　誰にも認めたくないが、ヴィクはいまだにサンドロの体をざわつかせていた。彼女が何を企んでいたにせよ、それは変わらなかった。欲望と情熱は自分を欺いていたヴィクに対する怒りと混じり合い、危ういほど高まっていた。

「わかったわ」しばしためらったあと、ヴィクがかがんでニックを床に下ろした。赤ん坊はそこに座り、周囲に立っている人たちを見まわしてまばたきをした。彼女がバッグからスクラップブックを取り出し、動物の写真を切り抜いて貼りつけたページを開く。コーヒーテーブルの上にあったものと同じく、動物の横にイタリア語と英語で名前が書いてある。あれもニックのために作ったのだろうか？　幼い子にはまだわからないのに〝パパ〟と書いて青い額におさめた僕の写真のように。「ニック、レオーネを見て。ライオン、大好きでしょ」そう言うと、体を起こして背筋を伸ばしたが、痛みが走ったのか顔をしかめた。「あなたは身に覚えのないことで私を責めたわ」

　サンドロは鼻を鳴らした。どこまでしらばっくれるつもりなのだろう？

「私はきかれたことにすべて答えたのに、あなたは興味を示さなかった――」

さえぎるようにサンドロはさっと手を振りあげた。

「君はニックの存在を隠していた」ニックを怯えさせないために静かに言った。息子の涙に彼は深く傷ついていた。

「私は宮殿に電話したわ」

サンドロは深呼吸をして自分を抑えた。「その記録はない――」

「この石頭」ヴィクが怒りをこめて言った。

「なんだって？」

サンドロの背後で誰かが咳払いをした。笑い声に聞こえなくもなかったが、警護官たちが王を笑うわけがなかった。それでも、自分が侮辱されるところを目撃されないに越したことはない。彼は警護官たちに退去を求めた。

「あなたも聞かれたくない話があるのね。真実を暴露されるのを恐れているのかしら？　あなたが私をここに幽閉しているのを正当化できるものならしてみてちょうだい」

「幽閉してはいない」サンドロは二人をここに連れてきたことに一片の罪悪感も抱いていなかった。

ヴィクがかぶりを振った。「牢屋に閉じこめられてはいないけれど、あなたは自分がしていることをよくわかっているはずよ」

頭痛がぶり返し、サンドロは鼻梁をつまんだ。

「自分がしていること？　君はどうなんだ？　僕の従弟から金をもらっているじゃないか」

「私はもらっているのはあなたからの養育費よ。ニックが大きくなったらどうするか決められるように、そっくりそのまま銀行に預けてあるわ。私の話を聞いて」サンドロが理解していないと思っているのか、ヴィクがゆっくりと言った。「妊娠がわかったとき、私は宮殿に電話をした。すると王家の代理人という男の人が来て、ＤＮＡ鑑定の手配をしたわ。それであなたとニックの父子関係が証明され、双方の弁護士が親権と養育権に関する合意書を取り交わしたの。その中で私はあなたと直接接触するのを禁じられ、毎月報告書を提出することになっているわ」

サンドロは迷った。話の辻褄は合っているし、ヴィクは真実を語っていると言わんばかりにまっすぐこちらを見つめている。だが、そんなことはありえない。彼女には女優並みのすぐれた演技力があるのだろうか？

「君の言う合意書は存在しない。僕が息子の存在を知ったのは二カ月前だ」

ヴィクがぽかんと口を開けた。「嘘よ」そう言うと、床に座ってスクラップブックをめくるニックの動きを目で追った。そのページにはサンタ・フィオリーナの建国記念日を祝う旗や花輪で飾られた宮殿の写真が貼ってある。サンドロが王座についてから祝った最初の記念日だ。交通事故がそのすべてをだいなしにするところだったが。

「僕は嘘をつくような人間ではない」サンドロは鼻梁をつまんで言った。もう行かなくては。暗殺未遂と思われるあの事故以来、無理をすると脳震盪の後遺症である頭痛に悩まされるようになっていた。

「携帯電話かパソコンを用意してほしいわ」

「なぜ？　グレゴリオに助けを求めるためか？　こんな話を続けていても埒が明かない」

「グレゴリオって誰？　あなたは私の話には裏づけがないと考えている。証拠ならあるわ。でも、それを示すためには携帯かパソコンが必要なの。それに、何が起きているのかも知らなくては。あなたは私やニックの命が危険にさらされていると言うけれど、私に言わせれば、私たちにとって最も危険なのはあなただわ」

サンタ・フィオリーナの空港から防弾車で宮殿に運ばれてから四十八時間がたっていた。ここまで来る途中、ニックのためにサンタ・フィオリーナについて調べていたときに写真で見た美しい葡萄畑や黄金色の田園、そして内戦の爪跡が残る荒涼とした土地を、ヴィクは自分の目で見た。

宮殿に着いてからは囚われの身も同然だった。そうではないとサンドロは断言したが、ニックのためにミルクを用意しようとスイートルームのドアを開けると、外には二人の屈強な男性がいた。話しかけても、返事は返ってこなかった。しかたなく内線しか通じないと言われた電話で湯を頼んだ。

屈辱だった。何もかも内線電話に頼るしかなく、自分の服すら持っていない。だが、衣装だんすにはサイズの合う新しい服がずらりと用意されていた。ここのスタッフはヴィクのすべてを知っているようだった。そう、ブラジャーのサイズまで。

唯一の訪問者は、ニックのＤＮＡを採取しに来た医師だった。息子のＤＮＡ鑑定は一度で十分ではなかったのだろうか？　そしてサンドロは、この国に到着して以来、自分に隠していたとあれほど強くヴィクを非難した息子に会いに来もしなかった。その事実が、サンドロについて知るべきことをすべて物語っていた。彼は息子を気にかけているふりをしていただけなのだ。

昨夜、ヴィクは贅沢なパスタ料理をなんとか食べてから、ニックのために離乳食を用意した。そのあと眠ろうとしたが、無理だった。追い払ったはずの不安が猛烈な勢いで戻ってきていた。

母親の感情を察知したニックも落ち着かないようすだった。夜中に息子が連れ去られるのを恐れたヴィクは、自分のベッドにニックを寝かせ、目を離さなかった。やがて泣きながら少しうとうとした。

今朝、ヴィクはサンドロの来訪を待った。数日前、彼はヴィクの弁護士の名前と連絡先を聞き出して出ていったきり、戻ってこなかった。週末だから弁護士は事務所にいないのではないかと思ったが、なんにせよサンドロから何か言ってくるだろうと期待していた。無力感を味わいたくなかった。つらい結婚生活を思い出すからだ。こちらの話を信じようとしないサンドロは、浮気について問いただされても決して認めなかった元夫のブルースとよく似ている気がした。ブルースは毎日、妻を罵倒した。その記憶が押し寄せてきて、ヴィクはパニックに陥りそうだった。

このスイートルームにいると、すべてが重くのしかかってくる。陰鬱な雰囲気が、結婚生活とともに置いてきたと思っていた否定的な感情を増幅させるのだ。ヴィクはニックと築いた今の家庭を愛していた。息子と過ごす居心地のいい家を。壁の向こうに何があるのかわからない、一刻も早く出たくてたまらなくなることとは大違いの部屋を。

ヴィクは周囲を見まわした。重厚なマホガニーの家具もあれば、それに合わない優美な家具もある。まるでばらばらに買いそろえたかのようにちぐはぐな印象だ。

だが、ニックに用意された部屋は違った。そこは色と光にあふれていた。本、おもちゃ、最高級の子供用家具――王の息子にふさわしいものばかりだ。もちろん、わかっている。ここでは私は後回しだ。望まれもせず、必要ともされない。

いや、ニックは私を必要としている。これからも。

ヴィクはニックがいる子供部屋に入った。息子はベビーベッドの頭のほうに立ち、上からつるされたモビールの動物たちに手を伸ばしていたが、母親に気づくとにっこりした。

再びあふれ出した涙をこらえようと、ヴィクは唇を噛んだ。ランスは私がサンドロのヨットに乗っているという作り話を信じたのだろうか？　二人が奇跡的に和解したという作り話を？　それとも、その話に疑念を抱き、膨大な資金をつぎこんで私の所在を突きとめようとしているだろうか？　ブルースと結婚している間、兄は私のことを心配してくれたのに、私は何も感じまいとして心を閉ざしていた。そのせいで、愛する人々を苦しめてしまった。

そのあと、セラピーと時間のおかげで私は自分と勇気を取り戻した。そばには私を支え、愛してくれる人たちもいた。でも、ここには誰もいない。

ニックを除いては。

息子を抱きあげると、背中の古傷が痛んだ。ここにはストレスが多すぎるし、ストレッチも十分にできない。これも心配事だ。ヴィクはニックを着替えさせると窓際へ連れていき、塀に囲まれた小さな庭を眺めた。外に出て新鮮な空気を吸いたかった。日差しを浴び、また希望を持ちたい。そのとき、何か動くものが目に入った。下草が揺れ、子猫が小道に出てきた。他にもう一匹いる。

「見て、ニック」ヴィクはささやいた。殺伐とした結婚生活を送る彼女を支えたのは、保護した動物たちの世話だった。しかしそのせいで、結婚生活に絶望しながらも家にとどまってしまったのだ。夫亡きあとは、生まれた子供の世話で手いっぱいになり、代わりに慈善活動にいそしむようになった。それでも子猫たちを見ていると、かつてのささやかな喜びがよみがえってくる。

ニックが甲高い声をあげ、ヴィクはほほえんだ。

庭に出て、子猫たちに餌をやってみようか？　母猫の姿は見えないが、子猫たちは楽しそうだ。そのときドアがノックされ、ヴィクははっとして我に返った。サンドロが何か知らせに来たのだろうか？　もしかしたらこの茶番劇を終わらせて、私とニックを家に帰してくれるのかもしれない。

女性が警護官に通されて入ってきたので、ヴィクは居間に移った。黒髪をショートヘアにした長身のその女性はTシャツと色あせたジーンズ姿で、メイクはしていないが美しい。

「シニョーラ・アスティル」彼女が近づいてきて手を差し出した。ヴィクはその手を取って握手をした。

「私はイサドラ・フィオレッツリといいます」

「なぜここに?」

「坊やの養育係をまかされたので」

母親代わりだ。とんでもない。これは私を体よく追い払う作戦の一つに違いない。ニックには私は必要ないと思い知らせたいのだ。

「ナニーはいらないわ」

「陛下は――」

「彼はなんとでも言うでしょう。ここを見て」ヴィクは腕を広げて部屋を示した。「私は社交的でもなければ、毎日お茶会を開いているわけでもない。子供の世話なら十分できるわ」

女性は同情しているように見えた。思慮深い表情を浮かべ、うなずいて理解を示す。「それでも陛下の指示ですので、あなたのお手伝いをします」

「それなら私を一番早い飛行機で帰してくれない?」沈黙が返ってきて、ヴィクは気分が悪くなった。「無理よね。でも、ナニーを雇うのであれば、まず母親である私に相談してほしかったわ。陛下はどこにいらっしゃるのかしら?」

自分が囚われの身でないことを確かめるべく、ヴィクは部屋を横切ってドアを開けた。

「ダーリン、パパに会いに行かない?」二人がここへ連れてこられたのは、身の安全のためと言いつつもサンドロがついに父親らしい感情に目覚めたからだと思いたい。

「パ!」

それは息子からの励ましの言葉に聞こえた。

「じゃあ、行きましょう!」痛みに耐えてニックを抱き直すと、息子がうれしそうに笑った。部屋を出たとたん、警護官たちがまったく表情を変えずにヴィクを見た。「陛下はどこにいらっしゃるのかしら? お話があるの」

警護官たちは何も言わない。ヴィクは深呼吸をした。勇気を出すのよ。

「それなら、自分で見つけるわ」警護官たちとイサドラを従え、ヴィクは歩きだした。実のところ、サンドロの居場所をどうやって突きとめたらいいのか見当もつかなかったが、初めて宮殿に足を踏み入れたときに通った長い廊下の道筋はなんとなく覚えていた。「イサドラ?」ヴィクはナニーに呼びかけた。

イサドラが自信に満ちた足取りで横にやってきた。ナニーというより警護官のようだ。「はい、レディ・アスティル?」

「その呼び方はやめて。ヴィクトリアと呼んでちょうだい。さっき私を手伝ってくれると言ったわね。だったら彼がどこにいるのか教えて」

イサドラが警護官たちを横目でちらりと見た。「教えてくれないと、迷子になった子供みたいに彼の名前を大声で連呼するわよ。聞き分けのない子供みたいな扱いをされるのなら、そうふるまうまでだわ。ニックもおもしろがってくれるでしょう」

イサドラが決意を固めたように茶色の瞳でヴィクを見つめた。「ヴィクトリア、陛下は執務室にいらっしゃると思います」

私の勝ちだ。小さな勝利だけれど、自分でもぎ取った成果だ。ヴィクはイサドラに笑顔を向けた。数日ぶりの本物の笑顔だった。ナニーもほほえみ返したが、そこにはどこか皮肉っぽい諦念が感じられた。

「それじゃ、行きましょう」ヴィクは他のみんなにというより自分自身に向けて言った。

4

顧問官たちが議論を闘わせていた。この会議のために、サンドロは最も信頼できる側近七人を集めた。ヴィクは何が起こっているのか知らないと主張したが、明白な証拠が彼のデスクの一番上の引き出しにおさめられていた。これには何か事情があり、彼女は無実なのではないかという考えが浮かんだが、サンドロはすぐに打ち消した。

叔父についてのよからぬ噂が耳に入ったとき、サンドロの父親は問題にしなかったと、名づけ親や側近たちは言っていた。しかし、叔父とその妻はひそかに謀反を企てていたのだ。だからこういった疑いは慎重に扱う必要があり、サンドロは黙って議論を聞いていた。

「彼女に金を払えばいい。きっと子供を置いて出ていくだろう」

「金は問題ではない。彼女には一生裕福に暮らせるだけの財産がある」

「では、彼女の望みは？　権力か？」

「グレゴリオは彼女と結婚し、王妃にすることもできた。彼女は公爵の娘に生まれ、今は公爵の妹で、前は伯爵の妻だった。血統は申し分ない」

サンドロははっとした。その言葉に心の奥底で反発を覚えた。「レディ・アスティルは血統が重要な私のポロ用の馬ではないぞ」

なぜそんなことを言ったのか、自分でもわからなかった。だが、ヴィクはそれ以上の存在だと本能が叫んでいた。

「お言葉ですが、王族について論じるときは血統と子孫の繁栄がすべてなのです」

ヴィクは僕の従弟に結婚を約束されていたのだろうか？　サンドロはなぜ自分の中に白熱した怒りがわきあがってくるのかわからなかった。いや、あの男が彼女を手に入れられるはずがない。とにかく、ヴィクはグレゴリオが誰なのか知らないと断言した。警護チームは僕がイギリスを訪れる前からグレゴリオの動向を追っていたが、僕がヴィクを捜すよう指示するまで彼女の重要性を認識していなかった……。

「ヴィクはグレゴリオを知らないと言っている」サンドロは言った。「警護チームは彼女が宮殿に電話をしたという主張が事実かどうか調べているところだ。彼女の弁護士の名前も聞き出した」

もしヴィクが嘘などついていなかったとしたら？

その答えがまだ得られないことにいらだちがつのった。答えが得られるまでは彼女に外部との接触手段を与えないつもりだ。

「不確かな可能性についていくら論じても無駄ですよ」別の顧問官が言った。最も新しいメンバーで、最も頭が切れ、洞察力のある人物だ。

サンドロは彼に向き直った。「つまり？」

「疑問に対する正しい答えとは最も単純なものの場合が多いということです」

その発言をきっかけに顧問官の間でまた議論が始まったが、サンドロはほとんど注意を払わなかった。最も単純な答えとはなんだろう？

執務室の外で声があがった。なんの騒ぎだ？　彼は体をこわばらせた。誰かがドアを押し開けた。

ヴィクだった。ニックを腕に抱き、背後に警護官を従えている。誰かが案内しなければ、ここにはたどり着けなかったはずだ。彼女が作り笑いを浮かべてサンドロを見すえた。

その姿は堂々としていた。全身から炎のような怒りが伝わってくる。シンプルなTシャツにカーゴパンツというカジュアルな装いで、髪は無造作にシニヨンに結っている。なのに、露出度の高いイブニングドレスを着ているよりも魅力的に見えるのはなぜだろう？　サンドロの心臓は激しく打ち、体のあらゆる部分が熱くなった。ヴィクが彼に引き起こす反応は純粋で不可解で魅惑的だった。

ヴィクがすばやくおざなりにお辞儀をした。そこに侮蔑をこめたのは間違いないとサンドロは思った。

「話がしたくて来たの」

「かまわない」サンドロは顧問官たちのほうを向いた。「続きはのちほどにしよう」

ヴィクが脇に寄って顧問官たちを通すと、椅子に腰を下ろした。

「大丈夫か？」サンドロは尋ねた。「どこか痛いように見えるが」

気遣われたことに驚くと同時に喜んでいるかのように、ヴィクの目が見開かれ、頬がわずかに紅潮した。「ストレッチをしていないと古傷が痛むの。でも、私の話をするためにここに来たのではないわ」

表情が硬くなり、サンドロは自分の気遣いが一蹴されたことを悟った。「私に相談もなくナニーを雇うなんて、よくもそんなことを……」

ニックの手前、ヴィクは平静を装っているが、その言葉は短剣を投げつけるようだった。

「僕たちみんなのために――」

「そんな言い訳は私には通用しないわ。あなたの利益と私の利益は一致しない。本気でこの子を見知らぬ他人に世話させたいの？」ヴィクの膝の上に座ったニックは、親指をくわえながら大きな青い瞳でサンドロを見つめ、まばたきをした。

僕は息子との多くの時間を失ったのだ。

「この一年間、ずっとそうだったじゃないか」

ヴィクが唇を引き結んだ。「私は見知らぬ他人じゃないわ。この子の母親よ。あなたはまるで妊娠した私を責めているみたい。惹かれ合った男女が一夜をともにし、避妊に失敗する。言っておくけど、避妊具を使いはたしたあと、いつから財布の中に入っていたかわからない避妊具をあなたに手渡したのは私じゃないわ」

「妊娠できない体だと言ったじゃないか」

そう告げたとき、ヴィクは悲しげな目でサンドロを見あげ、彼はその言葉を信じたのだった。

「あなたには関係ないことだけど、私は子供が欲しくて何年も努力したわ。でも妊娠しなかった。不妊症かもしれないと言われたときには打ちのめされたものよ。私のカルテを見ればわかるわ。だけど、ニックの誕生は後悔していない。もしあなたが後悔しているのなら、私たちのどちらとも関わってほしくないわ。そんな人はこの子にふさわしくないから」

「後悔しているなんて言っていない」

ヴィクがかぶりを振った。「まるで別の惑星にいるみたいね。私が知らないと言っているのに、あなたは知っているはずだと決めつけている。私の弁護士には連絡したの？　王家の代理人は――」

「そいつは王家の代理人じゃない！」サンドロは自分とグレゴリオの間にどんなつながりも認めたくなかった。「君が定期的に話をし、送金を受けていた人物は、僕の従弟のグレゴリオ――サンタ・フィオリーナの王座への返り咲きを狙う男だ。彼の父親はクーデターを起こして僕の両親を暗殺した」

サンドロは今、立ってヴィクをにらみつけていた。自分が立ちあがったことにすら気づいていなかった。

ヴィクが蒼白になった。もし彼女が座っていなかったら、サンドロは椅子に促しただろう。ニックがまばたきをしながらこちらを見あげ、サンドロは深呼吸をして自分を落ち着かせた。自分とヴィクの間に何があろうとも、息子につらい思いはさせせない。

「彼の名前はグイド・ファルコーニよ。王家の代理人だと言って、委任状も持っていたわ」ヴィクが言い張ったが、サンドロは嘘について熟知していた。

「もっともらしく思えただろうな。だが、あの男のことは監視していたんだ」

「あなたは彼を監視していた……だからニックのことを知ったのね？」

ヴィクにもう一度会いたいなどとどうして思ったのだろう？　あんな夜をもう一度過ごしたいなどと？　サンドロは自分の弱さを恥じた。

「僕が定期的にイギリスを訪れることを考えると、安全のため、国を出たグレゴリオの動向をつかんでおく必要があった。その過程で君についてわかっただけだ」

嘘だった。ヴィクの顔に傷ついたような表情が一瞬浮かんだ。

「自分の立場がわかってよかったわ」彼女がつぶやいた。

サンドロはさっきの言葉を打ち消したかったが、国王として逡巡は許されなかった。祖国が受けた傷は深く、癒やすには力が必要だった。

「イサドラのことだけど」ヴィクが続けた。「ニックには私が必要よ。他に世話をする人はいらないわ」

「イサドラには六人の姪がいるし、僕の警護チームの一員だ。彼女は信頼できる」

ヴィクの青灰色の瞳には迷いがうかがえた。

「君もきっと彼女を信頼するようになるはずだ。彼女は子供の母親をケアすることの大切さも知っている。ストレッチをする時間も取れるかもしれない」

ヴィクの目が少し潤んだように見えた。彼女はニックの巻き毛を撫で、うなずいた。

このところ失敗しつづけているサンドロは、それを勝利と受けとめた。

5

「さあ、ニック、子猫に餌をやれるかどうか見に行きましょう。子猫っていう言葉は覚えてる？」ヴィクはニックを抱きあげ、おもちゃの入ったバッグと調理ずみのチキンのパックを手に取った。数日前、イサドラに引き合わされて厨房のスタッフたちと顔見知りになった。初めて会ったスタッフたちはニックのまわりに群がって歓迎してくれた。今日もニックを連れてきてほしいと言われている。

スイートルームを出たヴィクは、警護官に庭への行き方を尋ねた。一人が案内し、もう一人があとに続いた。ドアの向こうには彫刻の施された円柱の立ち並ぶ回廊があり、庭へと続いていた。子猫を怖がらせたくないと彼女が言うと、警護官たちは日陰で待機した。

暖かく、花やハーブの香りがする風が肌をかすめていく。柑橘類の木が生え、下草が茂る庭は手入れされていない家庭菜園のような素朴さがあった。蝶が花から花へとひらひら飛びまわっている。ヴィクはようやく呼吸ができるようになった気がした。植物がからみ合う砂利敷きの小道を進むと、オリーブの木の下にベンチがあった。

猫の母子を見かけるのはだいたい午前中だった。ニックをベンチに座らせ、おもちゃで遊ばせている間、ヴィクは猫を誘い出すためにチキンをちぎって投げてみた。

猫たちが現れるのにそう時間はかからなかった。チキンの匂いに誘われ、バジルの茂みの下から小さな子猫が一匹そろそろと出てきた。子猫はヴィクを見てから這うように進み、肉を食べた。すぐに三四の子猫があとに続いた。

「ああ、なんてかわいいの」ヴィクはささやいた。

ニックが笑い声をあげると、子猫たちは動かなくなったが、ヴィクがさらに肉を投げると、食欲が恐怖にまさったらしく、また食べはじめた。

ヴィクがじっと座っていると、母猫が下草から姿を現した。

「こんにちは」彼女はささやき、餌を投げた。

母猫は子供のころに飼いならそうとした野良猫を思い出させた。手ずから餌をやったり、撫でたりできるようになるまでにはずいぶんかかった。両親がなぜ猫を気にかけないのか理解できなかった。

仕事をしていたからよ。

今ならわかるが、両親が興味を持っていたのは仕事だけだったのだ。なぜそのことが頭をよぎったのか、なぜあの野良猫やこの子猫たちのことを考えると悲しくなるのか、ヴィクにはわからなかった。

たぶん、私には居場所がなかったからだろう。両親との暮らしにも、結婚生活にも。

でも、今は誇れるものが二つある。ニックの母親になったこと、そして、捨てられた動物やＤＶから逃れてきた女性たちを支援する慈善活動が成果をあげていることだ。そのおかげで、生まれて初めて自分には価値があると思えるようになった。

今はこれが私になんらかの目的を与えてくれるかもしれない。この猫の家族をなつかせ、避妊手術を受けさせて、飼い主を見つけよう。母猫はチキンをむさぼっている。明日、餌にありつけるかどうかわからないからだ。サンドロと過ごした夜の私もそうだった。愛情に飢え、関心を持たれることに飢えていて、彼を放したくなかった。いつまた誰に関心を向けてもらえるかわからず、彼も同じだと思いこもうとした。

ヴィクの背後で砂利の音がし、猫たちが身をすくめた。次の瞬間、五匹はさっと茂みに逃げこんだ。

振り向かなくても、誰がやってきたのかはわかっていた。ヴィクの五感はこの男性を察知でき、彼が近づくとうなじがちくちくした。サンドロが彼女の前に回ってきた。

「脅かさないで」

「すまない。猫たちを追い払うつもりはなかった」

ヴィクは肩をすくめた。「餌を食べおわっていてよかったわ」

ニックが父親を見てうれしそうに体を揺らし、ベンチから下りようとすると、すかさずサンドロが抱きあげた。「この子はガッティーニを見るのを楽しんだかい？」

「ええ、そうだと思うわ」ヴィクはほほえんだ。確信できることが一つあるとすれば、それはニックが父親を慕っているということだ。「猫たちを見て大喜びだった。あなたに会ったときみたいに」

サンドロの顔に奇妙な表情が浮かんだ。「君はやさしい心の持ち主だな」

ヴィクは肩をすくめた。これまで最高のものを期待しては、いつも失望させられてきた。とくに結婚生活では、壊れてしまわないように心を冷たく麻痺(まひ)させていたのだ。

サンドロもそうなのだろうか？　彼は暖かい日差しの中で、神から遣わされた完璧な人間の見本のように光り輝いていた。ほほえんでいるとまでは言えないが、ふだんのいかめしさがやわらぎ、唇の端が上がっている。イサドラについてのやりとりから数日がたつが、サンドロは毎晩ニックの部屋におやすみを言いに来た。その顔には、幸せになりたいのになれないとでも言いたげな悲しそうな笑みが浮かんでいた。

弁護士と連絡を取ったかどうかについては何も教えてくれず、ヴィクは宙ぶらりんの状態に置かれていた。サンドロがニックの存在を知らなかったとは信じがたいが、彼は知らなかったと言い張っていた。宮殿に電話をしたと主張するヴィクと同じように。

私は真実を語った。だったら、彼が真実を語っている可能性もあるのでは？　私とニックを宮殿に閉じこめ、外の世界から遮断するようなまねをしたのはなぜか、知る必要がある。もしそのこと自体が彼の目的で、私に嘘をついていたとしたら？　男性はいつも嘘をつく。私は結婚生活でそれを学んだ……。

思考が堂々めぐりをしている。

ヴィクはゆっくりと息を吐き出した。ニックはここで楽しく暮らしている。でもこのままでは、私たち二人の間の空気を敏感に察知するだろう。息子を両親の不和の犠牲者にしたくはない。

「ニックが生まれる前、私は動物の保護に携わっていたの。あの子猫たちを見たら、なんとかせずにはいられなくなって、まず餌をやらなくちゃと思ったのよ。手なずけて獣医のところへ連れていき、飼い主を見つけてやることもできるかもしれないわ」

「やってみるといい。サンタ・フィオリーナには野良猫がたくさんいて、宮殿のスタッフが餌をやっている。内戦で国が荒廃していく中で、ペットを飼う余裕がなくなった人たちもいるんだ」

ヴィクは宮殿に向かう車の中から見た街の荒廃を思い出した。美しく古い建物は銃痕だらけで、ここには多くの援助が必要だと感じたのだ。

「支援組織はあるの？」

「ああ。まだ十分に機能しているとは言えないが。国際的な組織もいくつかある」

ニックがサンドロの腕の中でぐずりだし、ヴィクは腕時計で時間を確認した。「ミルクを飲ませなくちゃ。厨房に行ってくるわ。あなたも何か飲む？」

「僕も一緒に行こう」

これまで距離を置いていたサンドロは、今はヴィクやニックと一緒に過ごしたいようだった。

「会議はないの？　国王としての仕事があるんでしょう？」

「これよりも重要なことはない」サンドロが静かな回廊を通って宮殿へと向かいながら言った。

その言葉は、外の日差しと同じくらいヴィクを温めた。もっとも、重要なのはニックで、私ではない。

厨房に着くと、サンドロが言った。「よかったら、今夜夕食を一緒にどうだい？」

「どうして？」不本意ながら心臓の鼓動が少し速くなっている。

「話したいことがあるんだ。ニックが寝たら来てくれ。君がいない間はイサドラがこの子を見ていてくれる」

これまでヴィクは一度もニックをイサドラと二人きりにはしなかった。イサドラの仕事はおもにニックにイタリア語を教えることと、ヴィクの話し相手をすることだった。

「私は――」そこでニックがまたぐずりだした。

「わかったわ、坊や」

ヴィクは厨房のドアを軽くノックし、サンドロより先に中へ入った。スタッフたちはまるで旧友のように温かく彼女を迎え、猫たちに餌をやれたかどうか口々に尋ねた。その中には、ここは自分の縄張りだと言わんばかりの態度でヴィクをおじけづかせたシェフもいた。それから一同はサンドロに気づいた。庭にいた猫たちと同じく、動きが止まり、おしゃべりがやんだ。みんながお辞儀をする中、ヴィクは彼のほうを振り向いた。注目されるのが不快なのか、目元も口元もこわばっている。

サンドロが手を上げた。「かまわないでくれ。ニックのミルクを用意しに来ただけだ」スタッフがあわただしく動きまわりはじめる。厨房の真ん中にニックを抱いて立つサンドロはまったく場違いに見えた。「僕たちでやるから、君たちはそれぞれの仕事をしてくれ」

「とんでもない。光栄の至りですよ」シェフが言った。

サンドロが笑い、他のスタッフも笑った。楽しげなその声はヴィクの中に温かく響いた。

ニックがまたむずかりだした。

そのとき、哺乳瓶が見たこともない小さな銀のトレイにのせられてヴィクに手渡された。「すぐに飲ませるわ。今にも大泣きしそう」

「夕食には、私が赤ん坊のころに祖母が作ってくれた特別な料理をお出ししますよ」シェフが言った。

「ありがとう。この子はきっと喜ぶわ」笑顔で厨房を出たヴィクはサンドロに向き直った。「あのシェフはすごい料理人なんでしょう?」

「ミケーレは星つきレストランを経営していたんだが、ある日そこで食事をした僕の従弟(いとこ)が彼の料理を毎日食べたいからと、無理やりここへ連れてきて軟禁状態にしたんだ」

ヴィクは息をのんだ。「ひどい話だわ」

「従弟のやりそうなことだよ」サンドロの目が嵐の海のように暗く陰った。ヴィクはそれを、彼の言う危険を決して忘れるなという警告と受けとめた。

「でも、ミケーレはまだここにいるわ」

「僕は自分のレストランを再開するよう勧めたんだが、彼は断った。なぜなのかわからない」

サンドロの困惑の表情は本物に見えた。だがヴィクには、スタッフが本当の王のために働きたがっているのがわからない彼のほうが理解できなかった。サンドロこそ、人々が長いこと帰還を待っていた王なのだ。それを思うと、彼への認識を変えなければならない気もする。ヴィクがニックのほうに手を伸ばすと、サンドロがしぶしぶ息子を手渡した。

「ニックを寝かしつけたら、夕食をご一緒するわ」

サンドロの顔に浮かんでいた不安の色が消え、決然とした表情に取って代わられた。

ああ、また国王の顔に戻ってしまった。

サンドロがうなずき、厨房のドアに手をかけた。ミケーレに今夜二人分の夕食を作ってくれと頼むのだろう。「八時に部屋へ迎えに行く」

ヴィクは自分の部屋に戻りながら、庭で見たような蝶が胃の中ではばたいている感覚を無視しようと努めた。

ヴィクは妙に緊張してサンドロを待っていた。これではまるで初めてのデートだ。サンドロがバーで歩み寄り、暖炉の前で過ごす冬の夜のような温かい声で話しかけてきたことが思い出され、喜びの震えが背筋を駆け抜けた。喜べるわけがないのに。だまされて内戦の爪跡が残る国に連れてこられ、人殺しと共謀しているとか、子供の存在を隠していたとかと責められた。そして命の危険にさらされていると言われた。それでも、ヴィクはシャンパンを飲みすぎたような高揚感を抑えきれなかった。

時間を確認すると、もうすぐ八時になるところだった。子供部屋では、ベッドに入ったニックがイサドラに絵本を読んでもらいながら、今にもまぶたが閉じそうになっていた。寝ぼけまなこで毛布にくるまっているその姿を見て、ヴィクは心がとろけそうになった。

「何かあったら、連絡してね。夜中に目を覚まして、ぐずるかもしれないわ」

「もちろんです」イサドラが言い、訳知り顔でほほえんだ。「夕食を楽しんでくださいね」

ヴィクはしばらく息子を眺めてから自分の部屋に戻った。ちょうどそのとき、静かにドアがノックされた。期待と不安から心臓が不規則に打ちだす。部屋を横切り、ドアを開けると、サンドロが立っていた。相変わらずとてつもなくハンサムだ。青と白のストライプのシャツが瞳の色を引きたて、黒いズボンが引きしまった腰とたくましい腿にぴったりフィットしている。ジャケットも完璧だ。どうして彼はいまだに私をどきどきさせることができるのだろう？　こんなことはありえない。ヴィクが突っ立っていると、サンドロの唇にゆっくりとほほえみが浮かんだ。

「美しい」

サンドロに熱いまなざしで見つめられたヴィクは膝からくずおれそうになり、海を思わせる青緑色のシルクのワンピースを湿ったてのひらで撫でつけた。でも、これはデートではないし、彼が私を美しいと思おうが醜いと思おうが関係ない。それでも、マナーを守るようにしつけられた彼女は言った。「ありがとう」

サンドロがヴィクの肩越しに子供部屋の閉まったドアを見やった。「ニックは眠ったかい？」

「眠りかけていたわ。おやすみを言いたかった？」

サンドロがうなずき、二人は一緒に子供部屋に向かった。部屋に入ると、イサドラが立ちあがりかけた。「陛下」

「礼儀は必要ない」サンドロが言い、ベビーベッドに近づいてほほえんだ。その顔は温かい感情で輝いている。ヴィクならその感情を愛と名づけただろう。

「おやすみ（ブオナノッテ）、僕のかわいい王子（ミオ・ピッコロ・プリンシペ）。ソーニョ・ドーロ」

彼がささやいた。

目の前の光景に、ヴィクの心はなごんだ。子供のころ、こんな経験をしたことがあっただろうか？　記憶にあるのは、両親の無関心さだけだった。跡継ぎのランスはいつも両親から注目されていた。ヴィクは養育係（ナニー）たちにかわいがられたが、彼女が望んでいたのは両親の愛情だった。だからニックのためにナニーを雇いたくなかったのだ。

サンドロが彼女に向き直った。「いいかい？」

ヴィクはうなずき、彼と一緒に子供部屋を出た。

「さっきあの子になんて言ったの？」

サンドロがちらりと子供部屋のほうを振り返った。

「黄金の夢を見るようにと言ったんだ」

ヴィクの胸の中に温かいものが広がった。サンドロは少なくとも息子のことを気にかけている。ニックに向けるまなざしも、かける言葉も本物だ。

息子が大切に思われているのはよくわかった。でも、私は？　ヴィクには確信が持てなかった。

二人は黙って廊下を歩いた。宮殿はけばけばしく飾られた部屋と完全に放置された部屋が奇妙に混在していた。サンドロはヴィクのスイートルームからそう遠くない部屋のドアの鍵を開け、中に入った。そこは豪華なアパートメントのような造りで、クリーム色の柔らかな絨毯が敷かれ、秋の色を基調として調えられた心地よい空間だった。アンティークの家具もあったが、金箔は施されておらず、すべてが洗練されていた。

ヴィクは胸を高鳴らせて足を止めた。ここはサンドロの部屋なのだ。かつて親密なひとときを分かち合った記憶がよみがえった。

「この部屋は？」わかっていたが、サンドロの口から聞きたかった。彼に何か魂胆があるか探るために。甘美な一夜ではなく、サンドロが私の家を訪れた日を思い出さなくては。あのとき彼はアフタヌーンティーでもどうだいと嘘をついて私とニックをここへ連れてきたのだ。

そのことを決して忘れてはならない。

「僕の私室だ。テラスで食べようと思ったんだが」

「ダイニングルームで食べてもよかったんじゃない？」

サンドロの体にわずかな緊張が走った。「宮殿の一部は二十五年間、放置されてきた。その多くは大規模な改修が必要だ」

ヴィクは微動だにしなかった。「なぜあなたの私室にしたの？　ここは中立的とは言えないわ」

彼が不満げに目を細めた。「それが問題か？」

「私があなたを信用できると思う？」

一瞬サンドロが愕然（がくぜん）とし、すぐに平静を取り戻した。だが、その間にたじろいだ表情がよぎるのが見て取れた。失望や疲労、世界を背負わされているような重苦しさも。

「確かに僕を信用できないのもわかる。気が進まないなら、僕の執務室に行こう。スタッフに頼んで、そこに夕食を持ってきてもらえばいい。ミケーレが僕たちのために作ってくれた料理を食べないのはもったいない。君がここをどう感じるか考えるべきだった」

サンドロは本心を語っているように見えた。

「宮殿に本当の意味での中立的な場所はないわ」

「君をスイスへ連れていけばよかったかな」

ヴィクは思わず笑った。ちょっとしたユーモアが緊張を解きほぐし、思考を明晰（めいせき）にした。「あなたがそんなことをしたら、ミケーレがショックを受けるわ。彼をがっかりさせたくない。ここで食べましょう」

サンドロがうなずいた。「ありがとう。じゃあ、こっちへ」そう言って、風に揺れる薄いカーテンのかかったフレンチドアのほうを指し示す。ドアの向こうは大理石のテラスだった。照明に照らされた広大な庭園を見渡せる空間を、オリーブの木や花々が植えられた巨大な鉢が飾っていた。周囲や手すりにはキャンドルの炎が揺らめいている。その光景はロマンチックで、話し合いよりもむしろ誘惑のために用意されたかのようだった。

サンドロが驚いたように目を見開いた。二人掛けの小さなテーブルの上には、見るからにおいしそうな前菜の皿が置かれている。ヴィクは唾をのみこんだ。今日一日、ほとんど何も食べていなかったのだ。お仕着せ姿のスタッフが物陰から現れた。

「飲み物はどうする？　シャンパン？　赤ワイン？」サンドロが尋ねた。

彼の前では油断は禁物だ。

「スパークリングウォーターはあるかしら？」

氷のように冷たいグラスを渡されたヴィクは中身を一口飲んだ。サンドロは赤ワインを頼んだ。二人がテーブルにつくと、スタッフは一礼して去っていった。ヴィクは生ハムとチーズを自分の皿に取った。夜のとばりが下りる中、キャンドルと入念に配置された照明がすべてを温かな光で包みこむ。

「ニックはイサドラが気に入ったみたいだな」サンドロが言った。

「彼女は子供の扱いがうまいわ」でも、私がニックの母親である事実は誰にも打ち消せない。「だけど、彼女は私じゃない。私は自分の子供の世話を他人にまかせたくないの。そうしたらどうなるかわかるから。子供は……独りぼっちだと感じるようになるのよ」

「君はナニーに育てられたのか？」サンドロが鋭いまなざしでヴィクを見つめた。

ヴィクは深呼吸をした。サンドロは話があって私をここに招き、私はそれを聞くために来たのだ。自分の話をするためではない。それでも彼にきかれた以上、なぜ私がイサドラの存在に抵抗を感じるのか説明しなければ。「ええ。父はローリタニアをはじめ、いろいろな国の大使を務めていたわ。兄のランスも両親と一緒に外国で生活していたの。他の国や外交について学ぶのは重要だからって。ランスはいつか首相になると父はいつも言っていたものよ」

「お兄さんもそうなりたかったのかい？」

ヴィクは首を横に振った。「いいえ。兄は兄なりに反抗していたわ」

ランスは今、私のことを心配しているだろうか？　ブルース亡きあと、兄を心配させるようなまねは二度としないと心に誓ったのに。ヴィクはゆっくりと呼吸を整え、スパークリングウォーターをもう一口飲んで、話に集中しようとした。

「それで君は？」

「私は違う人生を歩んだわ。寄宿学校に入れられたの。ときには長い休みの間も家には帰れなかった。私は子供の世話を他人にゆだねたくない。人まかせにするのなら、なぜ子供を産むの？」

昔から、なぜ両親が兄の他に子供をもうけたのか不思議に思っていた。結局、両親はもう一人男の子が欲しかったのに、残念ながら女の子が生まれたのだと考えるようになった。

サンドロがうなずいた。「イサドラは決して母親代わりではない。ただ、身近で君を守る者が必要だし、それが女性なら君も安心すると思ったんだ」

ヴィクは少し気持ちがなごんだ。母親の役目を奪われてしまうのではないかという不安は、見当違いだったのかもしれない。

「君は……」キャンドルの光に包まれながら、サンドロがワインを飲んだ。「すばらしい母親だ。写真を貼ってイタリア語と英語で説明をつけたスクラップブックは君が作ったのか？」

ヴィクはうなずいた。

「多くの人はサンタ・フィオリーナに興味を示そうとしないが、君はニックに、あの子が受け継ぐものを伝えようとした。あの子が初めて僕を見たとき、父親だとわかるとは思ってもみなかったよ」

「あの子にあなたを知っておいてもらいたかったの。両親がそばにいないのがどんなことかわかっていたから、あの子に自分と同じ思いはさせたくなかった。たとえ親権が私にあるとしても、二人が対面するときのために準備はしていたの」

サンドロが庭園を見渡した。「わかっている」

ヴィクはためらいがちに尋ねた。「それはどういう意味？」

「僕は――」

そこへスタッフがやってきて前菜の皿を片づけ、代わりに大蒜（にんにく）とハーブが香るチキンの皿を置いた。だが、ヴィクが今したいのは食事ではなく、サンドロの話を聞くことだった。すると彼がチキンにナイフを入れ、会話を避けるように食べはじめた。

「何を言いたかったの？」思いのほか強い口調になったが、ヴィクは気にしなかった。これは自分とニックの人生に関わることなのだ。

「僕は……君にあやまらなければならない。君はずっと真実を語っていた。君が宮殿に電話した証拠を警護チームが見つけたんだ」

6

その知らせにヴィクがどう反応するか、サンドロはわからなかった。彼女が激怒するのは当然だ。僕はこれから償わなければならない。簡単とは思えないが、やってみるしかないだろう。

今朝、庭にいた母子の姿はとてもほほえましく、サンドロは言葉で言い表せない感情を覚えた。楽しそうな二人のようすに胸が締めつけられた。子供のころ、あんな純粋な喜びを味わったことがあるだろうか？　もしあったとしても、思い出せなかった。自分を愛してくれた人たちから引き離された過去が幸せな日々の記憶を曇らせていた。だが、ここには我が子を深く愛する女性がいる。そして僕は、彼女を愛するものすべてから引き離したのだ。

こうして事実が判明したからには、振り出しに戻る必要がある。グレゴリオが何か企んでいる以上、危険はもはや仮定の話ではない。それこそがヴィクに理解してもらいたいことだ。

ヴィクがナイフとフォークを静かに置いた。「私が宮殿に電話をした証拠を？」

「ああ。君が宮殿に電話した日付がわかれば、その日に交換台にいたスタッフを見つけるのは簡単だ。通常、すべての電話は記録されるが、君の電話は記録されておらず、それで混乱が生じた。すまなかった」

「だったら私を信じるのね？　私があなたの従弟と共謀していないと証明されたんなら、もうイギリスに帰ってもいいでしょう？」

サンドロはナイフとフォークを音をたてて置いた。〝許さない！〟と叫びたかった。だが、ヴィクは囚われの身ではない。彼は感情を抑え、ヴィクがサンタ・フィオリーナの動物保護団体に興味を示したときになぜ自分が喜んだのかを分析するまいとした。猫たちの世話をするということは、彼女は長くここにいるつもりで……。

「だめだ」

「どういうこと？」ヴィクが感情をあらわにして言い返した。「あなたの従弟に加担していないとわかったんだから、私は帰国できるはずよ」

サンドロは首を横に振った。「そんな単純な話ではないんだ。君の電話を受けたと思われる女性は、ニックが生まれた一カ月後に長期の海外旅行のために退職し、その後事故で亡くなった」

「なんてこと」

「彼女は不審な状況で命を落としたうえ、出どころ不明の金を受け取っていたとわかった。家族にはボーナスだと言っていたが、宮殿からボーナスが支払われた事実はない。ニックの存在を知っている唯一の人物は僕の従弟だが、僕の子供の誕生は彼には想定外で、僕に伝わらないようにしたかったんだろう」

ヴィクが青ざめた。暖かい春の風がふいに冷気を帯びたかのようだった。「それが私になんの関係があるの？」

「今、従弟の動向がつかめなくなっている。君とニックは危険にさらされているんだ」

「私の兄は――」

「公爵なのは知っている。その財力も」

サンドロはランスが宮殿に連絡してきたことをヴィクに伝えていなかった。彼女の兄はおそらく、スタッフが繰り返した〝ヴィクトリアとニコライはサンドロと一緒に休暇を過ごしている〟という説明を信じなかったのだろう。彼と親しくしているローリタニアの王と王妃もヴィクの安否について宮殿に問い合わせてきていた。

「それなら、兄が私たちを守ってくれるのがわかるでしょう」

だが、ニックは僕の息子だ。

「君のお兄さんには王ほどの権力はないし、結婚している。お兄さんが君を守ろうとすれば、彼自身と妻も危険にさらされるだろう。従弟がニックを奪うためにどんなことをするか、決して見くびってはいけない」

ヴィクの口が開き、また閉じた。言いたいことがあるのに言葉が出てこないというようだ。「そんな……彼は合意のもとに王位を退いたのではないの？」

内戦によって国が崩壊していく中で、あの男には国のために戦う勇気がなかった。自分のことしか考えていなかったのだ。

「従弟はサンタ・フィオリーナの行く末など気にも

していなかった。冬の寒さの中、暖を取る金もない人々が立ちあがったとき、彼はひるんだのだろう。このままでは怠惰で享楽的な生活を続けることはできないと悟ったんだ。それに彼には跡継ぎがいなかった。結婚していたが、子供は授からなかった」

ヴィクが自分の膝に視線を落とし、ナプキンをもてあそんだ。「彼は私にも子供ができなかったと言ったわ。私との共通点だと思ったんでしょうね」

どうやらパズルのピースがはまりはじめたようだ。

「従弟は国外に追放され、これ以上この国に関わらないことを約束させられた。だが、我々は彼の狡猾さと王位復帰への執着を過小評価していたようだ。彼は君と個人的に親しくなろうとしなかったか？」

「一度だけランチに誘われたことがあるわ」ヴィクが不愉快そうに身震いした。

グレゴリオがヴィクに取り入ろうとしていたのは間違いない。僕を亡き者にしたあと、ニックの母親と結婚し、王家の血を引く子供を利用して摂政になるつもりだったのだろう。

おぞましい計画だ。

「ご両親をあんな形で亡くしたのだから、彼を解放するのはつらかったでしょうね」ヴィクが言った。

サンドロはグレゴリオを起訴し、有罪判決を下して、牢獄から一生出られないようにしたかった。だが顧問官たちは、グレゴリオは父親の罪とは無関係だと諭し、まず何よりもサンタ・フィオリーナの平和を優先させるべきだと助言した。そこでサンドロは国が必要とする王になることを選び、自分の感情は胸におさめた。

「選択の余地はほとんどなかったんだ。長引く内戦を終わらせるために、平和的な政権移行を実現せざるをえなかった。サンタ・フィオリーナにとってはよかったが、グレゴリオの父親のことを考えたら、僕は彼にもっと厳しい罰を与えるべきだった」

「どういう意味？」

なぜ自分の失敗を認めたりしたのだろう？　外交手腕を発揮してグレゴリオに渡航禁止や経済的な制約を課すよう各国に依頼し、あの男の生活を耐えがたいものにすることもできたのに。しかし、従弟は常に守られていた。放蕩（ほうとう）息子の帰郷を待つようにグレゴリオの王位復帰を待ち望みながら死んでいった人々もいたと思うと、すべてが勝利ではなく、敗北のように感じられた。

「わかってほしい。僕の叔父はまだ幼かった僕を膝の上に座らせ、王家を支えていくと父に誓った。その一方で陰謀を企てていたんだ。僕の両親はなんの慈悲も与えられなかった。だから君たちはこの国にとどまる必要がある。僕はニックを、そして君を命がけで守る。君たち二人に手出しはさせない」

ヴィクが両腕を自分の体に回した。その目は涙で潤んでいるように見える。「あなたのスタッフの一人はニックの誕生をあなたに隠したのよ。ここには敵がたくさんいる気がするわ」

サンドロは髪をかきあげた。「彼女を見逃していたのは我々のミスだ。だがここには、亡命していた僕を守ってくれた人たちや、僕を王座につけるために奮闘してくれた人たちがいる。彼らのおかげで僕は生きているんだ」

「どうやってこの国から脱出したの？」

それはサンドロにとっては決して思い出したくない記憶だった。人生で最もつらい夜だ。しかし、ニックのためには両親がよく知り合ったほうがいい。

「両親は僕の名づけ親と最も信頼する側近たちに僕を託して国を脱出させた。僕たちは国境を越え、友好関係にあるイギリスに落ち着いたんだ」

「ひどい話だわ」ヴィクが彼の手に触れようと手を伸ばし、途中で引っこめた。「想像もできない」

サンドロは肩をすくめた。ずっと前に自分の人生の忌まわしい部分は受け入れざるをえなかった。

「僕は助かった。王として国に戻るのが僕の務めだった」

「しっかり警護されていたのに、どうして私と出会ったあの会員制クラブに行けたの？」

サンドロはほほえんだ。あれは楽しい記憶の一つだ。「あれはサンタ・フィオリーナに発つ二日前のことだった。一晩でいいから、自分だけの時間が欲しかったんだ。アステリア・クラブは厳重な警備で有名で、僕は十八歳になったとたんに会員になるよう勧められた。必要ならそこが安全な避難場所になるからね。君は、僕がわがままを許されたつかの間のひとときに現れたんだ」

ヴィクが同情にあふれたまなざしでサンドロを見つめた。海の色のワンピースを身にまとい、シルクのような髪を肩に下ろした彼女はとても美しかった。

「どうやって耐え抜いたの？　あなたはまだ九歳くらいだったんでしょう？」

サンドロはもう一口ワインを飲んだ。「耐えるしかなかった。目的があったから」

「でも、祖国よりもイギリスで過ごした時間のほうが長いわ」

サンドロは十代のころ、自分の故国はどこなのか疑問に感じていた。サンタ・フィオリーナはとても遠い存在に思えた。「自分の未来がどこにあるのか忘れないために、常に過去を振り返っていたよ」

ヴィクが顔をしかめた。「まだ子供だったのに。悲嘆に暮れていてもおかしくなかったはずよ」

痛みをやわらげるように、サンドロは胸をさすった。異国の地で、自分の本当の居場所はあるのだろうかと思い悩みつづけたものだ。

「僕には名づけ親がいた。両親が最も信頼する友人たちや側近たちも僕の面倒を見てくれたから、僕は他に何も望まなかったよ」

「ご両親以外はね」

亡き両親を思い、サンドロは強くあらねばとずっと自分を鼓舞してきたのだった。

「もちろん。両親は……」幸せなひとときの記憶は薄れつつあった。そのとき、ヴィクがついにサンドロの手に手を重ねた。平和だった過去が遠のいていく今、彼女の手は確かにすがれるものに感じられた。

「かけがえのない存在だったんでしょうね」

「思い出は少ないんだ」それは子供にとって残酷なことだった。記憶が薄れ、現実なのか単なる夢なのか定かではなくなっていくのだから。「国を出るとき、両親の写真は一枚も持っていなかった。戻ったときには宮殿の肖像画は破壊されていて、両親の記憶は色あせた写真のように曖昧になってしまった。だが、僕は前に進んだ。僕の責務は一人の人間の悲しみよりも大きい。僕は祖国の悲しみも背負わなければならないんだ」

ヴィクの目はまだ潤んでいた。サンドロは同情を求めてはおらず、彼女の手から手を引き抜いた。自分は強くなければならないとはるか昔に学んだのだ。

「あなたはご両親の写真を一枚持っているわ。あれはどうしたの？」

まるで冬の海に飛びこんだようにほとんど息ができなくなった。十代前半のある日のことが思い出された。その日、サンドロは側近たちにもうたくさんだと言い放った。希望はどこにもなかった。亡き両親の記憶にひたり、いつか王になれると自分を欺くのがむなしかった。

そのとき、戦いつづけなくてはいけないことを残酷な形で思い知らされたのだ。

「きいてはいけなかったかしら」

なぜすぐに答えられないのか、サンドロにはわからなかった。

「ご両親を亡くしたあなたを、本当に愛していた人はいたの？」

「みんな僕を愛していたよ。僕は彼らの未来の支配者だったんだ」

「私がききたいのはそういうことじゃないわ。サンタ・フィオリーナやご両親について調べたときにわかったことをあなたの口から聞きたいわけじゃない。なぜあの写真を持っているの？　誰に渡されたたの？」

「誰に渡されたかは問題ではない。重要なのは、それを見るたびに自分の務めを思い出すということだ」

　写真を渡したのは名づけ親――父親の親友だった。怒りを抱えるティーンエイジャーだったサンドロに、自分たちがなんのために戦っているかを思い出させようと両親の写真を突きつけたのだ。それを見てから、サンドロは迷わず両親のために戦ってきた。

「なぜあなたに写真を渡したのかしら？」

「自分が立ち向かっている敵が誰で、やつらがどれほど邪悪かを僕にわからせたかったんだ」

　ヴィクが眉根を寄せ、唇を引き結んだ。「邪悪なのはどちらのほうなのか、私は疑問に思うわ」

「彼らは僕を愛するがゆえにそうしたんだ」

　ヴィクがゆっくりとかぶりを振り、胸に手を当てた。「わからないの、サンドロ？　愛という名でごまかされた支配について、私はよく知っているの。身をもって経験したから。それは愛じゃない、一種の虐待よ」

「断じてそんなことはない」

「だったら、もしあなたや私に何かあったとき、ニックを守る役割を担っている人たちがそんなことをしてもいいの？　私たちの間には愛があふれていたとずっと覚えていられるような写真ではなく、私たちが惨殺された写真を渡しても？　父親としてそれでいいの？」

サンドロは椅子を後ろに押して立ちあがったが、足に力が入らなかった。「そんなことはない！」

僕が生きているのは、長年にわたる多くの人々のたゆまぬ努力のおかげだ。それなのに、なぜ息苦しく感じるのだろう？　自分の全身が耐えられないほどの重圧に押しつぶされそうな気がするのはなぜだ？

ヴィクが席を立ち、彼の前に立った。「それなら、なぜあなたがそうされてもよかったの？」

サンドロの中の何かが壊れたかのようだった。

「事情が違う」声がかすれ、言葉がうまく出てこなかった。

ヴィクがひんやりした柔らかい手でサンドロの頬を包みこんだ。そのやさしさと気遣いに、彼は膝からくずおれそうになった。

「両親から引き離され、異国に連れていかれた怯えるおびる少年を誰が気にかけていたのか教えてほしいの。誰が本当にその子を愛し、両親が望んだように守ったのか。将来の国王としてではなく、小さな子供として。教えて、サンドロ。すべてを失った少年を誰が抱きしめてくれたの？」

ヴィクの手の下のサンドロの肌は熱を帯びていた。彼の目をのぞきこんだヴィクは、そこに痛みを見て取った。以前、鏡に映る自分の目に同じものを何度見たか知れない。今でもときどき見る。サンドロは試練をくぐり抜けてきたかもしれないけれど、本当に乗り越えたのだろうか？　大人になった彼に何が欲しいか尋ねた人はいたのだろうか？　その答えはノーに違いない。

両親のように自分を愛してくれる人を必要としていたかつての少年を思い、ヴィクの胸は痛んだ。側近たちは国を背負う重みや王座の奪還について教えるだけでなく、まだ子供だった彼に悲しみを表に出してもいいのだと伝えるべきだったのだ。サンドロが疲れて見えたのも無理はない。自分の居場所がないことがどれほどつらいかは知っている。

ヴィクはやさしい気持ちがわきあがるのを感じた。この複雑な男性にどうしようもなく惹かれていた。

「私がいるわ」そうささやき、サンドロの唇に唇を寄せた。「私があなたに必要なものをあげる」

二人の唇が重なり、サンドロの息遣いが速くなった。ヴィクはどうすればいいのかわからなかったが、感情はあふれるほどあり、それを彼にそそぐつもりだった。あの夜、会員制クラブで出会ったやさしい彼を取り戻したかった。息子と対面した彼を見て、取り戻せるのはわかっていた。

「すまない」サンドロがヴィクの唇につぶやいた。それからうめき声をあげると立ちあがり、ヴィクの髪に手を差し入れて彼女を引き寄せた。

二人の唇が溶け合い、歯がぶつかり合う。喜びに満ちた瞬間が訪れ、熱い欲望がヴィクの体を貫いた。サンドロがこれを求めているのはわかっていた。彼女自身も激しく求めていた。

サンドロにきつく抱きしめられると、ヴィクはキスに心の痛みと怒りをそそぎこんだ。彼の興奮が伝わってくる。サンドロが片手を彼女の腰に下ろし、もう一方の手で後頭部を押さえた。まるでヴィクがこの情熱の嵐から逃げ出すのを恐れているかのようだ。彼女は官能の渦に投げこまれたくてたまらず、サンドロの髪に手をもぐりこませた。

サンドロが唇を離し、二人はあえいだ。ヴィクは震える笑い声をもらした。「こんなことは間違いだわ」

こちらを向いたサンドロのまなざしに、ヴィクは膝ががくがくした。そこには純粋な欲望が浮かんでいた。「間違いかもしれないが、僕はかまわない。君は？」

ヴィクもかまわなかった。彼女はうなずいた。

サンドロがさらうように荒々しくヴィクを抱きあげた。彼女はこの激しさ、今にもはじけそうな情熱、彼のすべてを自分のものにしたかった。いつも冷静沈着な彼は自制心の最後のかけらを失ってしまったようだった。

サンドロがヴィクをテラスから室内に運びながら、再び二人の唇を重ね合わせた。彼女はどこへ向かっているのかほとんどわからなかった。

やがて柔らかな明かりがともる部屋にたどり着き、キスがとぎれた。

「君が欲しい」サンドロがざらついた声で言った。

「もう待てない――」

ヴィクは彼の唇に指を当てた。「私はここにいるわ。あなたのために」

そのとき、何かが変わった。サンドロがうやうやしくヴィクをベッドに下ろし、その隣に自分も横たわって彼女と向かい合った。ヴィクの顔の輪郭を指でやさしくたどり、胸に触れると、ワンピース越しに胸の先を愛撫しながらもう一度唇を重ねた。二人の息が混じり合う。ヴィクは彼のシャツのボタンをはずして、鍛えあげられた胸の筋肉を手でなぞった。するとサンドロがうめき声をあげながらシャツを脱ぎ捨て、彼女のワンピースの背中のファスナーをゆっくりと下ろしていった。そして、ワンピースと同じ青緑色のレースの下着姿になったヴィクをじっと見おろした。その崇拝のこもったまなざしを受け、彼女は猫のように伸びをした。

「美しい」サンドロがつぶやく。

サンドロの体は、二人がともにした夜よりも引きしまっていた。ベッド脇のテーブルに置かれたランプの金色の光に照らされた筋肉を見て、ヴィクは唾をのんだ。彼がズボンと下着を下ろすと、たくましい脚と力強い興奮の証があらわになった。彼女は早くサンドロと一つに結ばれたかった。正気を失うほど圧倒的な欲望をそそいでほしかった。

サンドロがテーブルの引き出しから避妊具を取り出して装着すると、彼女のほうにかがみこみ、やさしくショーツを取り去ってから、みぞおちにキスをした。

「君を味わいたい」そうささやき、ヴィクが最も彼を必要としている場所に唇を近づけていった。そして、そこにじらすように舌を這(は)わせた。

「あなたが欲しいの」ヴィクは腰を浮かせ、息も絶え絶えにささやいた。快感にとろけそうだった。

ふいにサンドロが動きを止めた。ヴィクが抗議のうめき声をあげると、彼はからかうような笑みを浮かべ、彼女のブラジャーをはずして脇に放った。

胸の先を愛撫されながら、ヴィクは快感のあまり死んでしまうのではないかと思った。あと少しでクライマックスに達するというところで、サンドロがヴィクにおおいかぶさり、彼女の頭の両脇に腕をついた。脚の間に彼の高まりが触れるのがわかった。

「君が欲しいものをあげよう、美しい人(ベッラ)」

サンドロが力強く身を沈めてきて、ヴィクは痛みと安堵(あんど)という矛盾した感覚に襲われた。彼がいったん動きを止め、額をヴィクの額につける。それからゆっくりと腰を動かしはじめた。羽根のように軽くヴィクの唇にキスをしながら、やさしく、だが容赦なく彼女を追いつめていく。やがて二人の呼吸が完全に溶け合い、サンドロが力強い動きでヴィクをより高い頂へと押しあげた。ヴィクがため息混じりに彼の名前をささやいたとき、これ以上ない歓喜が彼女をとらえ、全身を駆けめぐった。

ヴィクが汗ばんだ体でサンドロを包みこんだ。サンドロは最初の震えがおさまると、再び彼女を喜ばせた。この女性と一つになっているときは、完全に我を忘れていた。不思議だ。彼女には無限に自分を与えるという能力がある。これを終わらせたくない。

サンドロはヴィクの腕から抜け出し、仰向けになって彼女を抱き寄せた。ヴィクは息をはずませながらぐったりと横たわっている。こうしているのは正しいと、彼は改めて実感した。すばらしいひとときだった。ヴィクはどれほど貴重なものを与えてくれたことか。息子にも、与えられるに値しない僕にも。サンドロは謙虚な気持ちになった。彼女は大切にされ、自分の居場所と呼べる温かい場所を与えられてしかるべきだ。僕は彼女に多くの借りがある。

こうして再び一夜をともにして、その思いはかつてないほど強くなった。

7

サンドロは執務室に座って待っていた。中立的な場所で重要な話し合いをするためにヴィクをここに呼んだのだ。一週間前に二人で過ごした夜以来、彼の欲望はおさまることを知らず、理性をおびやかしていた。

自分に何が起こっているのか、彼にはわからなかった。

あの夜、二人は間違っていると言いつつ、欲望に屈してしまった。だからサンドロはヴィクと距離を置くことにした。もちろんニックには会いに行ったが、それ以外は自制心を保っていた。ヴィクも淡々としていた。二人が自分たちの置かれた状況に冷静に対処しているのは救いだった。

サンドロは何日も会議に集中し、安全の確保や警護、将来について側近と話し合った。それは彼が十分な睡眠を取っていないこと、コーヒーを飲みすぎていること、事故で脳震盪を起こして以来課せられている日常の規則を変えてしまったことを意味していた。事故以来、健康状態が思わしくないことを考えると、よい兆候ではなかった。ヴィクの存在が彼の人生を後退させたかのようだった。かつての絶え間ない不安や、両親を失ったことを思い出させる暗闇の恐怖、無残な写真が脳裏をよぎった。人間はなんてもろいものか……。

そんなことを考えていてはいけない。過去ではなく未来に全神経を集中させる必要がある。頭痛の兆しを感じ、サンドロは鼻梁をつまんだ。いつもなら暗い部屋でしばらく休めば治るが、今回は違うようだ。おそらく疲労のせいだろう。この数カ月は緊張の連続だったのだから。

サンドロは腕時計で時間を確認した。今日のヴィクとの話し合いはさまざまな意味で最も重要だ。息子と彼女を守るための方策を提案する。とくにDNA鑑定でニックが僕の子供だと確定した今、賢明な選択肢は一つしかない。

結婚だ。

ニックのためにできる限りのことをしたいというヴィクの望みを考えると、彼女が同意するのは間違いない。

ドアがノックされた。

「どうぞ」

秘書がヴィクを部屋に通した。ヴィクは小さな男の子と一緒に走りまわるのにふさわしい格好だったが、それが自分の手配させた服だとわかると、サンドロはある種の満足感を覚えた。ブロンドの髪を無造作にシニヨンに結った彼女は生き生きとしてセクシーだった。

美しい。

その髪が枕に広がったさまはさらに美しかった。

あのときヴィクはあえぎながら僕の名前を呼び……。

サンドロはネクタイを引っぱった。そんなことを思い出している場合ではない。彼が自分の前の椅子に座るよう手ぶりで示すと、ヴィクはお辞儀をすることもなく腰を下ろした。彼女は側近たちに対しても頭を下げたりしない。その態度がサンドロにはなぜか愉快だった。

「コーヒーがいいかい？　それとも紅茶？」彼は尋ねた。

ヴィクは落ち着き払った顔をしている。サンドロの前でも動じる気配はない。

「紅茶をお願い。ホワイトティーを砂糖抜きで」

それを聞いて秘書が出ていくと、サンドロはほほえんだ。「ニックはどうしている？」


「相変わらず元気よ。ここでの日課にも慣れたみたい。今夜はあの子に会いに来るつもりだったの？」

歌うようななめらかな口調にわずかに辛辣さが感じられた。何か言いたいことを我慢しているのだろうか？　今日は彼女にも話したいことがあるようだ。

サンドロはうなじがこわばるのを感じ、そこをさすった。話し合いを始める必要があった。国を安定させ、ヴィクとニックの幸せを保証する結婚に同意してもらわなければならない。しかし、自分の命令に周囲が従うことに慣れている彼は、どこから話を始めればいいのかわからなかった。

「僕と側近たちは最善の道について話し合いをしている」

ヴィクが顔をしかめたとき、ドアがノックされ、紅茶とコーヒーが運ばれてきた。礼を言って紅茶を一口飲むと、彼女がまたサンドロに顔を向けた。

「なんのための最善の道？」

サンドロは慈悲深い笑みを浮かべた。「君とニックのためのだ」

彼女がいぶかしげに目を細めた。「あなたの結論は？」

「案はいくつもあったが、明白なものは一つだ」

「知りたいわ」

「君たちの安全を最優先にするために、僕たちは結婚しなければならない」

確かにそれが最善の道だった。サンドロは、いずれ妻をめとり、できるだけ早く子供をもうける必要があることを早くから受け入れていた。しかしその前に、サンタ・フィオリーナを安定させるために少なくとも一、二年はかかると考えていた。ヴィクは最適なタイミングで現れたのだ。以前はふさわしい候補者と政略結婚することを想定していた。ロマンチックな恋愛は経験がなかったし、期待してもいなかった。ヴィクとの間に燃えあがった情熱は……いわば思いがけない幸運だ。彼はそのことを考えないようにした。ヴィクが自分の腕の中でどのように喜びを感じ、自分が彼女の中でどのように我を忘れたかを……。

ヴィクが動きを止め、口元に近づけていたカップをソーサーに置いた。彼女の目は凍った湖のような冷たさを帯びていた。

「まあ、ずいぶん時代遅れの考えね。あなたの側近たちは詩を書くといいわ。恋についての詩をね」

サンドロが期待していた反応とはまるで違った。再び頭が締めつけられるのを感じ、鼻梁をつまんだ。

「僕たちの状況に詩的な要素など何もない」

「冗談はやめて。私のどこを見て、結婚が最善の道だなんて考えたの？」

「君は僕の子供の母親だ。公爵の娘であり妹で、身分も申し分ない。そして僕には王妃が必要だ」

「私は王妃の条件にぴったり合ったというわけね」

「これは現実的な解決策だ。君もわかるだろう」

ヴィクが腕を組み、唇を引き結んだ。「ぜんぜんわからないわ。現実的な解決策は、私たちを帰国させ、兄にあなたの懸念について話して、私たちの警護を強化することでしょう。なのに、結婚ですって？　ばかばかしい」

「結婚すれば、君は僕とともに国を背負うことになるが、安全は保証される。ニックも同様に守られる。あの子のことを考えるんだ」

ヴィクが立ちあがり、部屋の中を歩きまわりはじめた。「あの子のことを考える？　妊娠がわかったときから、私はあの子のことだけを考えてきたわ。私を説き伏せるのにあの子を利用しないで。あなたは初め息子に会おうともしなかったのに、今になって私たちを取りこみ、主導権を握ろうとしている。私は一度したことがあるから、結婚がどんなものか知っているの。結婚なんて二度としないわ」そこまで言うと歩みを止め、言葉を押し戻そうとするかのように震える指を唇に当てた。

かたくななヴィクにサンドロは困惑した。一番恐ろしいのは、本当に彼女とニックの身に危険が迫っているかもしれないということだ。従弟ならなんだってやりかねない。

ヴィクがはっとしたようすで再び口を開いた。「この前の夜はそういうつもりだったの？　二人きりのロマンチックなディナー……それにセックス。巧妙に私をその気にさせようとしていたの？」

今度はサンドロが立ちあがる番だった。急に動いたせいで目の奥に痛みが走り、思わずたじろいだ。ヴィクの不当な非難に打ちのめされていた。

「まさか！　なぜそんなことを言うんだ？」

「ベッドをともにしたあと、あなたはばかげた提案をしてきた。何を考えていたの？　私を喜ばせれば、私がイエスと言うとでも思った？　よかったわ。これであなたの人生において私がどういう位置を占めているかわかったから」

「君はこの状況を真剣に考えていない」

「ええ、こんなことになるとは考えてもいなかったわ。私は誘拐されたも同然で――」

「君は喜んで来た。ニックを守るためならと」

ヴィクが鼻を鳴らした。「良心の呵責(かしゃく)に耐えかねて過去を書き換えないで。あなたが言ったことはよく覚えているわ。〝すべて想定ずみだった〟――あれはどういう意味だったの？」

光がまぶしく感じられ、サンドロは頭を振ると、デスクをつかんで体を支えた。早くこの話し合いを終わらせなければ。

「僕は君を守りたかったんだ。従弟の陰謀について話しても、君はさほど気にしていなかった」

「あなたは話したんじゃない、証拠を見せたのよ。あの写真を忘れるわけがないでしょう？　教えてちょうだい。ご両親の死を利用して人を思いどおりにするのはどんな気分？　そんなことをご両親が誇りに思うかしら？」

サンドロはたじろいだ。両親をこのような形で引き合いに出した者は今まで誰もいなかった。「もうたくさんだ」

これ以上耐えられなかった。いつものように如才なく会話を進められず、サンドロは怒りと苦痛でいっぱいだった。頭痛の兆候は今や明らかだ。視界が暗くなっていき、頭がきつく締めつけられている。このまま会話を続けることはできない。主治医を呼び、暗い部屋で数時間休まなくては。

サンドロはデスクの後ろに回った。全世界が悪意を持って自分を押しつぶそうとしているかのようだった。「話は終わりだ」

ヴィクが腕を組み、彼をにらみつけた。「どうして？　真実を受け入れられないから？」

なぜなら、真実は一つしかないからだ。もしその真実を知ったら、ヴィクは決して僕を信用せず、ここにとどまろうとはしないだろう。そう、僕は弱い男だということを。

ヴィクもニックも守れない男だということを。

ヴィクはニックがベビーベッドですやすや眠っているのを確かめた。息子の胸が呼吸のたびに上下するのを見ていると、愛情が温かい波となって押し寄せてくる。だが、そこには恐怖も混じっていた。

私の人生は大きく変わり、もう後戻りはできない。ニックを守らなくては。

しかし今朝、サンドロと一緒にいるとき、昔の心の痛みがよみがえってきた。ベッドをともにしたあとのよそよそしさ、ヴィクを思いどおりにしようとする態度。そのすべてが結婚生活の記憶を呼び覚ました。感情の起伏の激しい夫との暮らしでどれほど神経をすり減らしたか。あんな暮らしに戻るつもりはない。

眠るニックを眺めながら、ヴィクは物思いにふけった。サンドロの私室で一緒に過ごした夜、彼の情熱は偽りには見えなかった。一晩じゅう、二人とも激情に取りつかれ、我を忘れていた。間違いかもしれないとサンドロは言ったけれど、もし私を思いどおりにしようとしていたなら、そんなことを言っただろうか?

ヴィクにはわからなかった。わかったのは、今日サンドロの両親の話を持ち出すべきではなかったということだった。あれはフェアではなかった。つらい経験をしてきたせいで、気にかけてくれる人たちをわざと遠ざけてしまうところが自分にあるのは承知している。かつて引き取って世話をしていた動物たちと同じで、相手を信じてまた傷つけられたらと思うと、素直に親切を受け入れられないのだ。

今日もそうだったのだろうか？

確信はなかったが、自分の言葉がサンドロを深く傷つけた気がして、ヴィクは後悔の念に駆られた。彼は平手打ちされたかのようにたじろいでいた。青ざめ、今にも倒れそうにデスクをつかんでいた。

つまり、私にはサンドロを傷つける力があるのだ。結婚生活ではそのようなことはなかった。ブルースならすぐさま怒って言い返してきただろう。立ち去ったサンドロは夫と同類ではない。私は謝罪し、説明しなくては。言葉は、人を癒やすのと同じくらい傷つけることもある。

ヴィクはイサドラに電話してニックの世話を頼んだ。やがて彼女が到着すると、サンドロを捜しに行った。執務室にはいなかった。彼の秘書が午後の予定はすべてキャンセルになったと告げ、ジムか私室に行ってみるよう勧めた。ヴィクはまず私室へ向かい、ドアをそっとノックした。応答がないので、ドアを開けて中を見まわした。カーテンが引かれた部屋は暗く、人の気配はない。だが、奥の寝室から低い声が聞こえてきた。彼女は中に入り、耳をそばだてた。

「陛下、もっと気をつけていただかないと」

聞いたことのない男性の声だ。心配そうにこわばっている。

「そうはいかないんだ。とにかく今日はこれを止めてほしい。自己管理については明日話し合おう」サンドロの声は荒々しく、かすれていた。

ヴィクは寝室のドアまで忍び寄った。盗み聞きするのはよくないが、ここで何が起きているかを確かめたかった。暗い部屋、苦しげな声――あまりにもなじみがある。

怪我（けが）の後遺症に苦しんだヴィクにとって痛みはいわば宿敵だった。薬と縁が切れ、ストレッチをしていれば痛みもほとんどなくなった今の状態になるまで、何年もリハビリに励んだ。サンドロは何かを隠している。そして秘密は危険を意味する。彼女は寝室のドアの隙間から中をのぞきこんだ。そこには、注射器を持った医師と思われる男性がいた。ベッドに座ったサンドロはボクサーショーツ一枚の姿で、両手で頭を抱えている。

「そうですね。鎮痛剤を打ちましょう」何をしているかは見えなくてもヴィクにはわかった。医師が空になった注射器を回収容器に入れた。「これは長期的な解決策ではありません。このところ回数がどんどんふえているのが心配です」

「静かにしてくれないか？　頼む」

サンドロの苦しげな声を聞き、ヴィクは決意を固めた。似たような経験ならある。乗り越えられるとは思えなかった後遺症の痛みを鎮痛剤は癒やしてくれた。しかしそれは一種の肉体的、精神的な現実逃避で、薬が効かなくなるまで依存するようになってしまい、恐ろしい教訓を学んだ。初めは苦しみを軽減するために与えられるものが、最終的には害を及ぼすということを。薬に支配されてしまうのだ。サンドロが口にした言葉は、昔の彼女が常に自分に言い聞かせていたことだった。〝明日になったら薬をやめるわ〟そして明日が来ると、また薬をのんだ。セラピーを受けなければ克服できなかっただろう。

ヴィクは拳を握りしめ、寝室に入った。

「いったいどういうことなの？」

医師と思われる男性が振り向いた。「すぐに出ていきなさい。患者を診ているんです。出ていかないなら、警護官を呼びますよ」

ヴィクは医師など眼中になかった。注目していたのはサンドロだった。彼の顔には深くしわが刻まれ、目は無表情で、ぼんやりしている。何もかもがどうでもよくなるあの感覚をヴィクは思い出した。

「答えて。それまで出ていかないわよ」

沈黙が返ってきた。

「いいわ。あなたが答えてくれないなら、自分で見つけるから」ヴィクが隣のバスルームに入り、キャビネットを開けると、そこには薬瓶がずらりと並んでいた。次々と取り出しては名前を読みあげていく。いくつかの薬の名前には見覚えがあった。もう十分だ。

ヴィクは深呼吸をして寝室に戻った。主治医が待ち構えていた。

「陛下は休養が必要です」

「陛下は私に本当のことをおっしゃる必要があります」そう言うとヴィクはサンドロの前に立った。彼は背中を丸めて座り、目を合わせようとしない。同情すべき状況だが、今は答えが欲しかった。サンドロは私とニックの身を守ると約束した。でも、重大な隠し事をしていて私たちを守れるわけがない。彼は何を隠しているのだろう？「息子を守ると言うけど、最大の危険をもたらすのはあなたでしょう？否定できるものならしてみて！」

ヴィクはベッド脇のテーブルの引き出しを開け、中をあさった。処方箋はなかったが、薬瓶がいくつかあった。さらに探すと、見覚えのある字で〝ありがとう〟と書かれたメモに指が触れた。想像を絶するほど情熱的な一夜を過ごした翌朝、部屋を去るときにサンドロに残したメモだ。彼はそれをずっと取っておいたのだ。

どういうことだろう？

「サンドロ」ヴィクはささやきかけたが、何を言えばいいのかわからなかった。相反する感情が心の中に渦巻いていた。しかし、サンドロの引き出しにあったメモを見た瞬間、彼女の最悪の恐怖は吹き飛んだ。ヴィクはメモを元の場所に戻した。彼がそれを見ていたかどうかはわからない。

「彼女に話してやってくれ」サンドロの声は弱々し

かった。まるで自分の最大の恥をさらそうとしているかのようだ。

「陛下、そのような決断を下せる状態では――」

「話すんだ」そう言うと、サンドロはベッドに横たわった。この生命力の強い男性は今、明らかに苦しんでいて、光をさえぎろうと腕を目に当てていた。

主治医がヴィクをにらみつけてから明かりを消してまわり、カーテンに隙間がないことを確かめて、部屋を真っ暗にした。

「こちらへ。陛下を眠らせましょう」ヴィクの先に立って居間に入ると、主治医は顔を手でこすった。

「こんな話はしたくないのですが」

「私は彼の子供の母親です。何が起こっているのか知る権利があります」ヴィクは窓に近づき、カーテンを開けて光を取りこむと、ゆっくりと深呼吸をして、自分の闘いの記憶を頭から追い出そうとした。

一つだけよかったのは、以前と違って、薬を見ても反応しなくなったことだ。欲求がなくなったのだ。

今、彼女が恐れているのはサンドロのようすだった。

医師が眼鏡を鼻の上に押しあげた。「半年前、陛下は交通事故にあわれ、脳震盪後症候群を患って、偏頭痛のような頭痛に悩まされはじめました」

国を再建しようとしている国王であると考えれば、頭痛にさいなまれることもあるだろう。だが、ヴィクは先ほどのサンドロの両親についての会話も引き金になったのではないかと考えていた。彼はひどく顔色が悪かった。突然オフィスを出ていったのは、肉体的な苦痛を感じていたせいだったのだ。

ヴィクは自分を責めた。

「こういうとき、誰が彼を気遣うのかしら？」

「私です。陛下が信頼できるのは私しかいません。わかってほしいのですが、このことはどうか内密に。陛下は国が不安定になるのを恐れていて――」

ヴィクは手を上げてさえぎった。「わかっているわ。私が彼につき添います。あなたの電話番号を教えて。何かあったら電話しますから」そう言うと、サンドロの寝室の閉まったドアに目をやった。私の存在もニックの存在も彼にはストレスの要因になるだろう。サンドロが結婚を提案したのは、今思えば理にかなっている。すべてを解決ずみの箱におさめれば、再び自分の人生をコントロールできるようになると考えているに違いない。

今の状況はあまりに混沌としている。

医師がポケットから名刺を取り出し、ヴィクに手渡した。「陛下は眠っておられますが、目が覚めたときには元気を取り戻されているはずです。まだ痛みが残っているようなら連絡をください」

ヴィクがうなずくと、医師は一瞬ためらってから出ていった。

振り返ったヴィクは寝室のドアをそっと開けた。サンドロは眠っていた。こんな弱々しい姿は見たくなかった。ベッドに近づくと呼吸が安定しているのがわかったが、薬によって得た眠りでは爽快な気分になれないのを彼女は知っていた。闇の中でも額に汗が光っているのが見て取れる。ヴィクは彼を起こさないように気をつけながら、そっとベッドの端に座った。サンドロの汗ばんだ額にかかった前髪を払うと、彼が身じろぎした。

「寝ていてちょうだい」ヴィクが髪を撫でると、サンドロはため息をついて眠りに戻った。

こんな姿を見られたくなかったに違いないけれど、苦しみをひた隠しにするのはもっとつらいはずだ。ヴィクはまどろむサンドロを眺め、彼の頬に手を添えた。これ以上、隠し事はさせないつもりだった。

サンドロはなんとか意識を取り戻したものの、頭の中は霧がかかったようにぼんやりしていた。どのくらい気を失っていたのだろう？　寝ている余裕などないのに、いまだに交通事故の後遺症に悩まされているとは。さらに悪いことに、自分の弱みをヴィクに知られてしまった。

自分の思いどおりにできないヴィクは、サンドロにとって最も危険な存在だった。まだまぶたが重かったが、彼は無理に目を開けた。完全に目覚めるにはもう少し時間がかかるだろう。コーヒーとシャワーが必要だ。体を起こそうと横向きになると、隅に置かれた肘掛け椅子に誰かが座っているのがわかった。主治医だろう。弱っている姿を見せられる唯一の人物だ。

「どれくらい気を失っていたんだ?」薬によって眠ったせいでざらついている声がいやだった。

「横になっていて」

シルクのように柔らかな声がサンドロを包みこんだ。体が一瞬にしてこわばり、彼は上掛けを引っぱりあげた。ヴィクは今、一番会いたくない相手だ。恥辱に似た感情がサンドロをすっぽりとおおった。

「今、何時だ?」

「夕方よ」

ということは、ほぼ一日意識がなかったのだ。ヴィクが椅子から立ちあがり、バスルームに入った。バスルームの明かりがともり、水の流れる音がしたあと、彼女が手に何かを持って戻ってきた。

「鎮痛剤を打たれて眠ったあとは、目が覚めるのにしばらくかかるものよ。まだ横になっていて」

サンドロは従った。彼の人生には安らぎを感じる余地などないにもかかわらず、今はヴィクの声から伝わる心地よさにひたりたかった。

「起こしたくなかったのに」ヴィクが手を伸ばし、冷たい濡れタオルをサンドロの肌に当てた。その気持ちよさに彼はうめきそうになった。

「いつからここにいたんだ?」

「ほとんど一日じゅうよ」

みっともないところをずっと見られていたのか。

「ニックは？」

「イサドラが見ていてくれているわ」

冷たいタオルで顔をぬぐわれると、サンドロは目を閉じ、ベッドに沈みこんだ。気遣われていることが今度ばかりはうれしかった。

「主治医があなたは脳震盪の後遺症で頭痛に苦しんでいると話してくれたの。バスルームのキャビネットを見て、どんな薬が処方されているかわかったわ」

その言葉を聞き、冷水を浴びせられたように心地よさが消えた。サンドロは激しい頭痛と〝いったいどういうことなの？〟というヴィクの問いかけ、そして主治医に事実を彼女に話すよう頼んだことを思い出した。

「主治医は薬の効果とリスクについて詳しく説明してくれた。頭痛がおさまらないときの最終手段として使っているだけだ」

ヴィクがかぶりを振った。「私も以前、薬の影響で苦しんだの。軽く考えてはいけないわ。気がついたときには私は薬に頼りきっていたのよ」

彼女が話したがっているのがわかった。

「何があったんだい？」

「保護した馬が何かに驚いて暴れ、私を蹴りあげたの。それで私は背中と骨盤を痛めたわ。怪我はよくなったけど、痛みは消えなかった。そんなとき、主治医がある薬をくれたのよ。すぐに効いたわ。その薬は肉体的な痛みだけでなく、他の苦しみも取り除いてくれた。私が抱えていたあらゆる問題が、少なくとも数時間は存在しなくなったわ。そしてある日、薬をやめられないことに気づいたの。いつの間にか依存症になっていたのよ」

サンドロは、真剣な面持ちでベッドの端に座るヴィクを見た。彼女に触れたかったが、我慢した。ヴイクに気にかけてもらう資格など自分にはないとわかっていたからだ。彼女は僕をののしって当然なのに、つき添っていてくれた。

「どうやって克服したんだい？」

ヴィクについての調査書なら読んでいた。スイスの療養所に関する当たり障りのない文章には、この美しく、生命力にあふれ、重荷を背負いながらも闘い抜いてきた女性の姿が描き出されていなかった。

ヴィクが苦笑いをした。「私は人にコントロールされるのにうんざりしていたの。それから逃れる唯一の方法は、依存症から逃れることだった」

「人にコントロールされる？」

「私が薬をのむようになったのは夫に勧められたからだったの。夫は、薬を服用すれば私がおとなしくなり、自分の不幸を受け入れられるようになるのが気に入ったみたいだった。私にとって結婚生活は暗黒だった。私が怪我をして妊娠できない体になると、夫はそのことでも私を責めたわ」

事実を打ち明けたヴィクはとても弱々しく見えた。僕が誰かに自分のすべてをさらけ出したのはいつだっただろうか？

ヴィクとベッドをともにした夜だ。あのとき、僕は自分に正直だった。

「立ち直るには強さが必要だ。君は称賛に値する」

ヴィクがサンドロの手に手を重ねた。青灰色の瞳は熱く激しい何かで輝いている。「薬を乱用しないと約束してちょうだい」

「僕は自制心を失わないことを誇りにしているが、薬はそれを奪ってしまう。だから医師の判断のもとで、最後の手段としてだけ使っている」

「私のように罠にはまってほしくないの」

「そんなことにはならない。僕のまわりには僕を守ってくれる人たちがいるから。君には医師の判断が間違っていると言ってくれる人がいなかったのかい？」

ヴィクが唇を噛んだ。「私は薬をのんでいることを隠していたの」

「隠してはいけなかったのに。君は守られるべきだった。君を愛してくれるはずの人たちに大切にされるべきだった。必要なときに誰もそばにいなかったからといって、心を閉ざしてはいけなかったんだ」

「誰にでも背負うべき十字架があると、あなたは以前私に言ったわね。自分ではどうにもできないこともあるのよ」

ヴィクは覚えていたのだ。あの夜のことは忘れられない。自分は自由だという感覚、あれからずっと僕を支えてくれた自信、胸に芽生えた希望。そう、僕は再び希望を抱いた。わずかではあったが、確かに僕の胸にあった。利己的な世の中で無私の心を持ち、安らぎを与えてくれる人がいるという希望を。そして僕も同じ見返りを与えたいと思った。


「シャワーを浴びなくては。そのあとまた話をしよう」サンドロがそう言うと、ヴィクが立ちあがった。

サンドロは彼女のやさしい慰めを失ったことを嘆きそうになった。しかし、こんな弱々しい姿をさらすのではなく、もっと王らしくふるまわなくては。

彼は身を起こした。視界はまだ少しぼんやりしていたが、いつもほどひどくはなかった。今回は早く対処したのがよかったようだ。

「大丈夫？」

サンドロはうなずいた。バスルームからもれる薄明かりの中で、ヴィクが彼を見おろした。彼女の表情は読めない。自分でも認めていたように、隠すのがうまいからだ。ただ、ヴィクの視線がサンドロの裸の胸から下へと向かうのは見逃しようがなかった。彼女がその眺めに満足したのも。

サンドロは立ちあがった。ヴィクが鋭く息を吸いこむのがわかり、彼の自尊心は満たされた。

シャワールームに向かう途中でサンドロは鏡の前を通り過ぎた。彼の顔はひどいありさまだった。顎に生えた無精髭(ひげ)、目の下の黒い隈(くま)、青白い肌。これほどやつれた姿は誰にも、とくにヴィクには見せたくなかった。こんな男が国を治められるはずがない。こんな男を誰が信頼するだろうか?

しかしヴィクは、僕をこんなふうにした事故についての残酷な真実も含めて、すべてを知る資格がある。とりわけ、彼女とニックがどれほどの危険にさらされているか、誰もが不安に感じていることを考えれば。

8

サンドロはシャワーを熱くし、汗を洗い流した。そのあと腰にタオルを巻き、歯を磨いて、王らしさを取り戻した。

寝室に戻ると、カーテンが開けられ、テラスに通じるフレンチドアから夕方の涼しい風が吹きこんでいた。

居間のドアを開けたとたん、コーヒーの香りが漂ってきた。ヴィクが彼に小さなカップを手渡した。

「厨房(ちゅうぼう)に軽食を持ってくるよう頼んでおいたの」

サンドロは豪華なソファに座り、エスプレッソを一口飲んだ。カフェインが効いて体が目覚めたからか、空腹を感じた。厨房から運ばれてきたパンやハムやチーズを食べ、飲み物を飲むのを、隣に座ったヴィクがじっと見守っている。その非難のこもった視線は針のように彼の肌を刺した。

頭痛を隠していたことは高くついた。だが、これでもうヴィクに知られる心配はなくなった。毎日悩まされてきたストレスが一つ減ったのだ。

「主治医はあなたが事故にあったと言っていたわ」

ヴィクが口を開いた。

サンドロは長い息を吐き出した。食べ物とエスプレッソのおかげですっかり気分がよくなっていた。たぶんヴィクのおかげもあるだろう。ただ、まだ話していないことがある。ヴィクを怖がらせたくはないが、いまだに自分を苦しめている恐怖をすべて彼女に知ってもらわなくてはならない。彼は前かがみになって肘を膝につき、両手を合わせた。

「あれは事故ではなかった。暗殺未遂だった」

ヴィクの顔から血の気が引いた。「なんですって？」

「トラックが山道で僕の車に追突したんだ。運転手はブレーキがきかなかったと言っていた。もし僕の車が山の斜面に突っこまず、道から転落していたら、僕は助からなかっただろう」

「暗殺未遂だったとどうして言いきれるの？」

「最初は確信がなかったが、ニックの存在を知ったとき、事故はあの子が生まれて半年後に起きたと気づいた。トラックは事故後すぐに廃車にされて、ブレーキが調べられることはなかったよ。トラックを運転していた男は姿を消したが、以前グレゴリオに運転手として雇われていたことがわかった」

「グレゴリオの企みだったと思っているの？」

「宮殿にかかる電話を傍受していた従弟は君の妊娠を知り、電話をなかったことにして策略を練った。僕は偶然を信じない。僕の警護チームもそうだ。グレゴリオは子供を持てないから、僕の息子を王位につかせて、すべてを意のままにしようとしたに違いない。国民は戦争に疲れ、平和を望んでいる。国の実権を握るには、真の後継者の実子を抱えこむのが一番だろう？　僕がいなくなれば、ニックが王家の最後の生き残りだ」

ヴィクが青ざめ、自分の体に腕を回した。「彼は計画をあきらめないでしょう。私たちは決して安全じゃないんだわ」

欲しいもの――ニックを手に入れられないとなったら、グレゴリオはやけになって何をするかわからないとサンドロは思った。ヴィクの言うとおり、計画をあきらめることはないだろう。僕たちは平和を希求するあまり、秘密裏に行われている戦争に気づいていなかった。だが、もう終わりだ。

「君たちを守ると約束したからには、誰にも君たちを傷つけさせない」

「怖いわ、サンドロ」

サンドロはヴィクを腕の中に引き寄せ、彼女のエネルギーを自分の中に吸収したかった。ヴィクは彼のまわりにいる誰とも違っていた。どんなに追いつめられていても、自由を手放さなかった。サンドロはそれがうらやましかった。彼は決して自由ではなかった。自由と感じていたのは、慎重に作りあげられた幻想だったのだ。

ヴィクを抱き寄せる代わりに、サンドロはてのひらを上に向けて差し出した。周囲の人々はみんな自分の望みをかなえてくれるのに、ヴィクは違う。かつて僕が求めていたのは秩序だけだったが、彼女は何もかもを混沌とさせてしまう。

立ちどまるべきだったのかもしれない。これまでずっと、肉体的にも精神的にも誰も必要とするまいとしてきたのだから。だが、ヴィクのことは心から切望している。

差し出した手の中にヴィクが手をすべりこませて

くると、サンドロは衝撃を受けた。そのささやかな触れ合いで頭に残っていた霧がすっかり晴れた。サンドロは彼女の手を口元に運び、キスをした。彼の唇が触れただけで、ヴィクが歓喜の吐息をもらした。青灰色の瞳が熱を帯び、唇がかすかに開く。

サンドロはヴィクの体を熟知していた。何が彼女をあえがせ、喜びの声をあげさせるのか。初めてベッドをともにしたとき、二人は夜が明けるまで情熱を交わし、互いの欲望を知った。しかし触れ合うたびに、まるで初めての経験のように感じられ、驚異と興奮を覚えた。これに飽くことなどあるのだろうか？

「全力で君たちを守ると誓う。それに僕を恐れる必要はない。僕が依存するとしたら君だけだ、ヴィク」

「サンドロ」

ヴィクの唇は柔らかく、苺（いちご）のような味がして、サンドロはもっと味わいたいと思わずにはいられなかった。

ヴィクの指がサンドロの指を握りしめ、あいているほうの手が髪の中にすべりこんだ。二人のキスはゆっくりと深まっていった。彼女を奪い、自分のものにしたいという欲求がサンドロを駆りたてた。ヴィクが手を離し、こちらを向いてサンドロの膝に座ったとき、彼の体はこわばり、うずいていた。サンドロはうめき声をあげると、両手で彼女を引き寄せた。ヴィクがヒップを揺らすたびに、快感が稲妻のように体に走った。

「僕に何を求めているんだい？」彼はささやいた。

「あなたのすべてが欲しいの」

サンドロはヴィクに、僕のすべては君のものだと言いたかったが、できなかった。彼女が自分にとって許容範囲をはるかに超えるほど大きな存在になっているのを恐れたからだ。これまで自分を完全に誰かにゆだねたことはない。そうするのは空想の中だけだった。現実では、彼は国にすべてを捧げていた。本当の意味で誰かのものになることはできない。

サンドロがヴィクを抱いたまま立ちあがると、彼女が両脚を腰に強く巻きつけてきた。「私を堕落させるつもり？」

「とんでもない」

考える前にサンドロの口から言葉が出ていた。言うべきではなかったが、この瞬間はそれが真実だった。セックスとは堕落ではなく究極の癒やしではないのか？　そのとき再びヴィクの唇が唇に重なり、何も気にならなくなった。彼はキスをしながら寝室に入った。

夕日が部屋を金色に染めていた。ベッドの端に着くと、ヴィクは脚をほどいて床に立ち、サンドロは彼女のTシャツの中に手をすべりこませた。

「君はいつも裸でいるべきだ。そうすれば服を脱がせる時間が省ける」彼がTシャツを脱がせて床に落とすと、ヴィクがかすれた声で笑った。

「今夜はたっぷり時間があるわ」

ジーンズと下着を脱いだヴィクがサンドロの前に立った。夕日に照らされたその姿は妖精のようだ。サンドロがポニーテールからヘアゴムをはずすと、髪が彼女の肩に広がった。ヴィクはとても美しかった。サンドロは彼女を腕の中に抱き寄せ、激しく熱烈なキスをした。

ヴィクの震える手がシャツを引っぱったとき、サンドロはほほえんだ。自分と同じく、彼女も我慢できなくなっているのがうれしかった。互いへの欲求は限界まで高まっていた。サンドロがシャツをはぎ取ると、ヴィクがジーンズとボクサーショーツを脱がせた。

二人はベッドに倒れこみ、手と唇で互いを愛撫した。サンドロはヴィクが欲しくてたまらなかったが、じっくりと時間をかけて彼女のなめらかな肌や温かい体の感触を楽しんだ。やがてヴィクが身を起こした。唇は熟したプラムのような色に染まり、顔は紅潮して、瞳はきらきらと輝いている。髪が肩に広がり、胸をかすめるさまはさながら女神だ。

僕の女神。

「避妊具をつけないと」サンドロはうめいた。このままヴィクと一つになれたらどんなにいいだろう。だが、彼女を守ると約束したのだ。

「どこにあるの？」

「二番目の引き出しだ」

ヴィクが腹這いになって引き出しを開けるのを、サンドロはうっとりと眺めた。すると彼女が振り向き、官能的なほほえみを浮かべて包みを差し出した。

「つけてくれ」サンドロは言った。「君に触れてほしいんだ」

「こんなことをするのは初めてだけど、いいわ」

結婚経験があるのになんとういういしいのかと、サンドロは驚いた。「やり方を教えてあげよう」

サンドロは熱い体にヴィクの冷たい手を導いた。彼女が避妊具をつけはじめると、その快感に彼は歯を食いしばった。つけおわると、ヴィクが少し体を離し、首を横に傾けた。サンドロは苦笑した。

「自分の手仕事に感心しているのかい？」

ヴィクが恥ずかしそうな笑みを浮かべた。「あなたに感心しているのよ」

二人は互いに称賛の念を抱いていたが、サンドロはヴィクの外見に魅力を感じているだけではなかった。彼女は多くのことを乗り越えてきた強い女性なのだ。

「その気持ちを示す方法は他にもある」サンドロは手を伸ばしてヴィクの腰に置き、彼女を自分の上に促した。今すぐにでも結ばれたいが、ヴィクの準備が整っていることを確かめる必要がある。彼はヴィクの腰から手を離し、右手の指を脚の間にすべりこませた。そこは温かく潤っていて、思わずうめいた。サンドロの愛撫に合わせてヴィクが腰を前後に動かしはじめる。彼女がクライマックスに近づいているのがわかった。

「君と一つになりたい」サンドロはささやいた。

「ええ、今すぐそうして」ヴィクが恍惚の表情で頭を後ろに倒しながら腰を沈めてきた。

ヴィクの喉から胸がピンクに染まっていくさまは美しかった。やがて二人は完全に結ばれた。サンドロは彼女と息を合わせて腰を動かした。ヴィクの目はうつろで焦点が定まっていない。快楽は触覚と視覚と聴覚を無限に刺激するようだった。

サンドロは歓喜の頂にのぼりつめようとしていた。ヴィクが頭を後ろに倒すと、豊かな髪が肩に広がった。彼も今にものぼりつめてしまいそうだった。耳の奥で血がどくどくと流れる音が聞こえる。サンドロは親指を彼女の脚の間に差し入れ、興奮させるとわかっているやり方で撫でた。ヴィクの唇から低いうめき声がもれた。それから彼女が息をのみ、クライマックスに達したとき、サンドロも快感が全身を貫くのを感じて自制心を失った。

ヴィクが胸の上に崩れ落ちると、サンドロは彼女を両腕で包みこんだ。二人はまだ結ばれていて、充足感がわきあがってくる。何度体を重ねても、初めてのときと同じだった。そのたびに新鮮な喜びを味わえる。サンドロは、このような喜びを知らずに今までどうやって生きてきたのかと考えずにはいられなかった。

9

ヴィクはサンドロの温かくたくましい胸の上にもたれ、彼の腕に包まれていた。このまま動きたくなかった。

こうしていれば安全だ。でも、それは思いこみに違いない。サンドロは初めて会ったときから危険な存在だった。その魅力で私の血を熱くたぎらせ、すべてを焼きつくした。心配事も恐れも。

呼吸が落ち着いてくると、睡魔が襲ってきた。ここで眠りにつくのは簡単だ。しかし、それは二人のやり方ではなかった。ヴィクは身じろぎした。

「避妊具を捨ててこないと……」サンドロが体を離し、ベッドから出た。一糸まとわぬ彼がバスルームに入っていくのを、ヴィクは目で追った。背中のたくましい筋肉の動き、自信に満ちた足取りを。自分も服を着て出ていくべきだと思ったが、体に力が入らなかった。もう少しここに横たわって、満たされた感覚にひたっていてもいいだろう。ベッドにはサンドロのスパイシーな香りと、欲望の麝香のような香りが混じり合って漂っている。すでにヴィクの体は、一度だけでは物足りないとばかりに再び彼を求めはじめていた。

ベッドに戻ってきたサンドロが、まだ横たわっているヴィクを見て穏やかにほほえんだ。興奮がおさまりきっていない彼の体を目にし、ヴィクの欲望はさらに高まった。サンドロがベッドに上がり、再び彼女を引き寄せて背中を撫でた。

ヴィクはサンドロに身を預けた。気がかりなのは、このおとぎ話が現実になるよう自分が望んでいることだった。

「君の夫は君を傷つけたのか？」

ヴィクは体を硬くした。このベッドで一番話したくないのは夫のことだ。思い出すだけでも耐えられない。彼女は身をよじってベッドから出ようとした。

「この問題から逃げないでくれ」サンドロが言った。彼の手は相変わらずヴィクの背中を撫でている。

ヴィクはベッドにとどまった。確かに、逃げても問題は解決しない。「なぜそのことを話したいの？」

「君について知りたいからだ。君は僕の一番悪いところを知っている」

そして、サンドロは私の一番悪いところを知りたがっている。あの無駄な年月……私は夫が望むものを与えればうまくいくと考えていた。でも、夫はさらに多くを望んだ。ランスでさえ、何が起こっていたのか知らなかった。ある程度は察しがついていたかもしれないけれど、長い間一人で抱えこんでいた私は、夫が逝った今も自分を恥じるあまりうまく説明できない。私はいまだに羞恥心にとらわれている。でも、そこから自分を解放したい。

「肉体的に？」

「答えはイエスよ」

「最初は違ったわ。そのあとはときどき。夫は密室で行われていることの証拠を残す人じゃなかった。きわどいスリルを楽しんでいたのよ」押したり、つかんだり、揺さぶったり……。しかし、夫の最大の攻撃は心理的なもので、ヴィクの自尊心を徐々にむしばんでいった。

「なぜ家を出なかったんだ？」

ヴィクは体をこわばらせた。「私を責めているの？」

「いや。ただ、理解したいんだ。君のかつての恐怖をよみがえらせるようなまねをしないために」

深呼吸をしたヴィクは、サンドロを本当の意味で恐れたことがないのに気づいた。その点では彼は夫とは違った。

「夫のやり方は陰湿だったわ。ランスや友人たちから距離を置かせることで、彼が私の世界そのものとなり、彼の言葉だけが真実になった。そして、もし私がいなくなったら、自宅に引き取った動物たちはどうなるか考えてみろと卑劣な脅しをかけてきたの。彼が虐待するのはわかっていたわ。彼はいつも動物に厳しかった。命を落としたのもそのせいよ。馬を速く走らせすぎて落馬したの」

サンドロが苦しげに息をつき、ヴィクに腕を回した。「もし彼が命を落とさなかったら、僕が殺していたかもしれない」

「もし彼が死ななかったら、私たちは出会っていなかったわ」

サンドロがヴィクの額に口づけした。「それこそ本当の悲劇だ」

心からそう言っているように聞こえ、ヴィクの心は躍った。「そうかしら?」

それが真実なのはわかっていた。今まで何があったにせよ、ヴィクはサンドロと出会ったことを喜んでいた。ニックの人生に彼がいてくれることも。

「そうだ。僕たちが出会わなかったら、息子も生まれていなかった」

サンドロの言うとおりだった。だがヴィクの一部は、本当の悲劇は息子が生まれていなかったことではなく、自分と出会えなかったこと自体であってほしかった。そして、そんなふうに考える自分を嫌悪した。

ニックがいなければ、私はここにいなかった。それは事実だ。私一人ではこの男性をつかまえておくことはできない。誰をも魅了できるこの男性を。

「ええ。あの子は私の大切な宝物よ」

「君は誰に大切にしてもらったんだい?」

ヴィクは答えられなかった。なぜなら、大切にしてくれた人はいなかったから。確かにランスはいた。兄として愛してくれた。だが、ヴィクの理想の世界では、彼女は両親から大切にされているはずだった。あいにく、現実は理想とは違った。そして、結婚したらという少女のころの薔薇色の夢は夫に踏みにじられた。

「ニックは私を愛してくれているわ」

「もちろん。君はすばらしい母親だ。君以上の母親はいないだろう」

「そうは思っていなかったくせに」

サンドロの手がヴィクの髪を撫で、指が髪にからみついた。「君は以前、両親が今の僕を誇りに思うかときいたことがあった」

ヴィクはサンドロの心地よい抱擁から抜け出し、肘をついて彼の瞳の奥を見つめた。「ごめんなさい。無神経な質問だったわ」

「君の問いかけは正しかった。答えはイエスでもあり、ノーでもある」

「サンドロ――」

「両親は僕が王位についたことを誇りに思うだろう。この国の王になるという希望や意欲を捨てなかったことを。だが、孫の母親に対する仕打ちは決して誇りには思わないはずだ」

なんて言えばいいの？　ヴィクはこの男性が過ちを認めるとは思ってもみなかった。

「恐怖は人を変えるものだ。自分に子供がいるとわかったときの僕の恐怖は、君には想像もつかないだろう。君と従弟がぐるになってその子供を僕に隠していたと知ったときの恐怖も。僕は激怒し、そのせいで分別を失った」サンドロがやさしくヴィクの腕を撫でた。「あの仕打ちを取り消せるものなら取り消したい。僕は王座につき、国民を守ることに全力をそそいできた。僕の保護本能の強さは生来のものだ。君が僕の従弟と手を組んでいると信じていようといまいと、君が危険にさらされていると知ったとき、行動を起こさずにはいられなかったんだ」

「あなたは私の言うことを信じなかったわ」

　でも、どうしてサンドロに信じることができただろう？　子供のころから常に暗殺の恐怖にさらされてきたのだ。命を狙われながら生きてきて、どうして人を信じられるだろう？

　私がサンドロを厳しく非難したのは、彼を理解していないからこそだったのだ。

「僕は常に最悪のことを想定するように訓練されてきた」サンドロが言った。

「それでは生きていけないわ」

「だから生きてこられたんだ」サンドロがヴィクの頬を両手で包みこんだ。その表情はこの上なくやさしく、ヴィクは情熱を交わしたあとのぼんやりした意識の中で、彼にすべてを捧げたいという圧倒的な気持ちを抑えることができなかった。「ニックを守るのと同じく、僕は君も守っていく。君は守られるべき人だ。これまでもずっとそうされるべきだったんだ」

　ヴィクはこみあげる涙をこらえようとした。サンドロの手の感触はやさしく、彼の言葉には重みがあった。彼女はそれを信じたかった。誰かを信じたかった。サンドロがヴィクの頬にこぼれ落ちた涙をぬぐった。どうしてこの人は私の心を揺さぶることができるのだろう？

「君が王妃になれば、国を背負うことになる。僕と一緒にサンタ・フィオリーナを守らなければならない。そしてニックは、持って生まれた未来を手に入れることになる」

　愛についてはどうなの？　ヴィクはそうききたかった。もう二度と結婚はしないと思いながらも、愛が自分のもとに訪れるかもしれないという夢は捨てられなかった。

「政略結婚なら一度したことがあるわ」

「僕たちの結婚がどんなものになるかはわかっているはずだ。そこにおとぎ話はない。僕が約束できるのは、お后(きさき)となった君に尽きない尊敬の念を抱くということだ。僕は君たち二人を見守っていく。僕たちはニックの親として、あの子のために一緒になるんだ」

常識的に考えれば、サンドロの言うとおりだった。だが、この状況は常識でははかれない。

「あなたはいつか一緒になりたいと思う人にめぐり合うかもしれないわ」

そう、愛する人に。そうなったら、私とニックはどうなるのだろう？　でも、もし私がサンドロと結婚しなければ、そうなるのは間違いない。彼が自分以外の誰かと結婚すると考えると、シーツを引き裂きたくなった。

サンドロの指がヴィクの体の脇をそっとなぞり、彼女は快感に震えた。あの夜、この男性は眠っていた私の欲望を愛撫(あいぶ)で目覚めさせたのだ。次に彼が身を乗り出してヴィクの首筋にキスをした。さらに肩と鎖骨にも。「いくら体を重ねてもまだ足りない。僕たちが分かち合っているのは特別な情熱だ」

ヴィクの体は熱く燃えあがった。セックスに基づく結婚なんてとんでもないけれど、二人の間に常識は通用しない。それに、自分のことよりニックのことを考えなければ。結婚があの子に与える安定した生活のことを。

ヴィクは前よりもサンドロを理解していた。何が彼を突き動かしているのか、彼はどういう人物なのかを。サンドロは善良な人物だ。私の気持ちは重要ではない。重要なのはニックの安全と幸福だ。

「あなたが他の誰かに惹(ひ)かれたら、うまくいくとは思えないわ」

サンドロのまなざしが険しくなった。「結婚したら、他の誰かに惹かれることはない。君もそうであってほしい。これはあらゆる意味で真の結婚だ」

ただし、愛はない。でも、それで十分だ。

「一つだけお願いがあるの」待っていたかのようにサンドロの表情が明るくなった。「報道陣に発表する前に、まず兄に話していいかしら?」

「もちろんだ。家族は一番に知らされるべきだよ」

サンドロに結婚という喜ばしいはずのニュースを伝えるべき家族がいないことを、ヴィクはひどく悲しく思った。もっとも、この結婚は手放しに喜ばしいとは言えない。私はまたしても政略結婚をしようとしている。

サンドロがヴィクの手を取り、指を組み合わせた。

「僕と結婚して、この国に喜びと希望をもたらしてほしい」

ヴィクは彼の指をきつく握った。「わかったわ」

ロマンチックとはほど遠い返事だったが、この状況にロマンチックなところはまるでなかった。

サンドロが目を閉じて深く息を吸いこみ、そして吐き出した。「明日、君がお兄さんに話したあとで、正式な手続きに入ろう。だが、今夜は僕たちのためにある」

サンドロがキスをし、ヴィクの脚の間に手をすべりこませて彼女を熱く刺激した。彼は正しかった。この情熱は二人とも否定できない。

ヴィクはそれで十分だと思いたかった。

サンドロはスーツのジャケットの内ポケットに革張りの箱を入れ、ヴィクのスイートルームに向かった。物理的ではなく感情的な意味で、小さな箱なのに驚くほど重く感じられる。箱におさめられた指輪は王家の幸福を象徴していた。

これはスタートだ。

スイートルームのドアまで来ると、サンドロは一息ついた。正直に言えば、再スタートだ。ドアをノックすると、くぐもった声がした。

「どうぞ」

ヴィクはソファに座り、サンドロの秘書が用意したノートパソコンと携帯電話をコーヒーテーブルの上に置いて作業をしていた。すぐに彼にほほえみかけたが、目は笑っていなかった。何かがおかしい。

彼は直感的にそう感じた。どうして彼女の気分にこんなに敏感になったのかはわからないが。

「ニックはどこだい？」彼は尋ねた。

「イサドラに連れられて猫たちに餌をやりに庭へ行ったわ。ランスに電話したんだけど……」ヴィクが唇を噛み、深呼吸をした。

「うまくいかなかったんだね」

ヴィクが立ちあがって部屋の中を歩きだした。

「兄は私がストックホルム症候群に陥っているんだと言うの」

サンドロのみぞおちのあたりが冷たくなった。

「君もそう思っているのか？」

短い笑いが返ってきた。「いいえ。心配しないで。これは違うわ。これが何か、私はわかっている」

わかっている？　これが何かいまだにわからない

サンドロは驚いた。

「囚われの身ではないと君には言ったが、お兄さんにも言っておくべきだった」

おそらく前もってランスに妹との結婚の許しをもらうべきだったのだろう。だが、ヴィクは自分で決断できる強い女性だ。サンドロは緊張した面持ちでヴィクに近づき、彼女の腕に触れた。ヴィクが足を止めた。

「兄は私を守ろうとしているだけよ」ヴィクが顔をしかめた。「結婚生活で苦しんでいたとき、私は心配してほしくなくて兄と距離を置いたの」

サンドロの望みはヴィクを慰めることだけだった。

彼はヴィクの腰に腕を回し、胸に抱き寄せた。彼女が身をゆだねてきて、ため息をつく。何かがしっくりきた。この腕の中がヴィクのいるべき場所なのだと実感できた。

「お兄さんは君を愛しているから、この結婚が君の意思なのかどうか知りたがっているんだろう。僕もだ」

ヴィクがしっかりとサンドロに腕を回し、うなずいた。「私の意思よ。これがニックにとって最善のことだと受け入れているわ」

君にとってはどうなんだ？　サンドロはそうききたかったが、答えは明らかだった。ヴィクがこれまでしてきたことはすべて息子のためだった。親になるとは、犠牲を払うということだ。しかし、結婚はヴィクにとっても最善であると彼女にわかってもらいたかった。だからポケットに指輪を入れてきたのだ。

「それを確かめたかったんだ」

ヴィクが体を引いて肩をすくめた。

「僕は温かい家庭を築き、君とニックを大切にする。約束するよ」

ヴィクの顔にほほえみが浮かんだが、そこにはかすかに不安もにじんでいた。サンドロは彼女の笑顔を本物にしたいと願った。純粋に幸せにあふれたものに。彼はポケットに手を入れた。

「君に渡したいものがある」

サンドロの手に握られた箱を見て、ヴィクの目がわずかに見開かれた。スタッフが宮殿の宝物庫に残っているものを調べたが、ヴィクに似合う指輪はなかった。毎日身につけるのをためらわないような、彼女と同じくらい美しいものは。しかも特別な意味があるものでなくてはならない。結局、王室御用達の宝飾職人の助けを借りてこれを見つけた。

サンドロが箱を開けると、ヴィクが胸に手を当て、ぽかんと口を開けた。

「これは何?」

サンドロは青いベルベットの台座からきらめく指輪を取り出すと、ヴィクの左手を取った。「僕たちの婚約は必要な準備がすべて整ってから正式に成立するものだから、婚約指輪が必要なんだ」そう言って青灰色の瞳をじっと見つめた。「君が望む形でなかったのはわかっているが、僕の提案を受け入れてくれたことは、僕にとってとてつもなく大きな意味がある」そして指輪を彼女の薬指にはめた。サイズはぴったりだった。ようやく何かがうまくいった気がした。

「とんでもなく美しいわ」ヴィクが手を光にかざし、指を動かすと、石がきらきら輝いた。二つの石は同じ大きさだった。完璧なラウンドカットのダイヤモンドと、サンタ・フィオリーナの夏の太陽の色をしたイエローサファイアがホワイトゴールドのクロスオーバースタイルのバンドにセットされている。寄り添う二つの宝石は夫婦の絆の象徴だ。

「このデザインはトワ・エ・モワと呼ばれるそうだ。君と私(トワ・エ・モワ)——それが僕の望む二人の関係だよ。対等で誠実な結びつきだ」

サンドロは腕の中に飛びこんできたヴィクを受けとめ、二人は一緒に笑った。その笑い声は幸せにあふれていた。彼はヴィクを床から持ちあげ、ぐるぐる回った。これほど満ち足りた気分になったことはかつてなかった。

「完璧だわ」ヴィクがサンドロに熱いキスをした。

サンドロもキスを返した。喜びが二人めがけて押し寄せてきたかのようだ。生き生きとした歓喜にあふれた詩が書けそうな瞬間だった。そして愛に。その最後の言葉がなぜ意識に入ってきたのか、サンドロにはわからなかった。二人の絆とニックへの愛情から連想されたに違いない。それだけだ。

そんな考えは互いの情熱の高まりにかき消された。二人とも息が切れ、一瞬だけ身を離した。薔薇色に染まったヴィクの唇は魅惑的で、サンドロはもう一度キスをし、そのままやめたくなくなった。

「イサドラはいつ戻ってくるんだい？」

「二十分後くらいよ」

全身に期待と欲望が満ち、サンドロは誘惑に打ち負かされた。「大急ぎでもかまわないなら……君が欲しい」

ヴィクがほほえみながら後ずさった。「それなら一刻も無駄にできないわ」

そう言うなり向きを変え、くすくす笑いながら寝室へと駆けだした。サンドロも笑ってあとを追った。これはいわば短距離走だ。イサドラとニックが戻ってくる前に、二人で勝者になろう。

10

サンドロは眠るヴィクを腕に抱いて横たわりながら、このひとときがもたらす平穏に圧倒されていた。すぐに彼女を起こさなければならないとわかっているにもかかわらず、こうしているのがしっくりきた。

彼はニックを子供部屋で眠らせ、毎晩ヴィクと一緒にいたかったが、彼女は落ち着いたばかりの息子を再び混乱させたくないと言って拒んでいた。

ヴィクとともに過ごす貴重な時間は、サンタ・フィオリーナに帰還して以来初めて経験する安らぎをサンドロに与えてくれた。彼女がそばにいると、ストレスが軽減されるようだった。しかも頭痛を避けるために必要な休息のタイミングを、ヴィクは彼女よりも先に察することができた。

　時間がないと知りつつ、サンドロはただヴィクを抱きしめていた。数日後、国民に向けて、自分には息子がいること、その息子の母親と結婚することを発表する。そして二人を世界に紹介するつもりだ。

　ふと、心の奥底に痛みが走った。サンドロはヴィクとニックを自分だけのものにしておきたかった。彼には自分のものと言える何かが一つもなく、ひたすら国のため、国民のために生きてきた。静かに過ごせる機会はめったになく、だからその時間を大切にしてきた。婚約が正式に発表されれば、それを失うことになるだろう。ヴィクとニックもサンタ・フィオリーナの所有物になるのだから。

　しかし、これ以上隠しとおすべはなかった。今が最適なタイミングだ。ただ、サンドロの内なる声がそうではないと告げ、疑念をかきたてていた。僕は王になるべくして生まれ、それを受け入れている。だが、ニックはそうではない。息子の人生は単純だ。無償の愛をそそぐ母親に大切にされ、幸せな男の子として生きている。

　ヴィクが身じろぎした。サンドロが背中のなめらかな肌を撫でると、彼女が身をすり寄せてきた。あと五分もすれば起こさなければならない。ヴィクはスイートルームに戻り、朝が来るのを待つ。

　そのとき、寝室の外が騒がしくなった。何事だ？ドアが開け放たれ、ヴィクがサンドロの腕の中でたじろいだ。

「いったい何？」彼女の声は混乱に満ちていた。

「陛下」明かりがつき、平和な暗闇を切り裂く光にサンドロは目を細くした。警護主任が寝室のすぐ内側に立ち、警戒しながら入ってくる警護官たちを指揮した。何人かは武器を構えている。サンドロはヴィクの体に上掛けをかけた。

「申し訳ございません、陛下」警護主任が言った。

「宮殿に侵入者がいて――」

「まあ！」ヴィクが上掛けをつかんで体を起こした。

「ニックはどこ？」

「レディ・アスティル、どうぞそのままで」警護主任の声は硬く、反論を許さなかった。

サンドロは裸でベッドにいることに無力感を覚えた。王としてここから出なければならないのに、そうできないのだ。警護チームは捜索を続け、テラスに移動した。彼はヴィクに腕を回した。

「彼らの言うとおりにしなければ」

「ニックを連れてきて。大丈夫かどうか確かめたいの」ヴィクが震える声で言い、サンドロにしがみついた。

「警護チームを信じるんだ。イサドラが必ずあの子を守る。彼女はそのために訓練を受けているから」

ヴィクの目に涙があふれた。サンドロは警護チームがニックの身を守るためにあらゆる手を尽くすとわかっていた。ニックは王の後継者なのだ。しかし、ヴィクはそこまで警護チームを信頼してはいないだろう。彼女は王家のために命を捧げる人々がいることを信じる必要がある。

「服を着よう」サンドロは言った。警護チームの何人かがうなずいて部屋から出ていき、他の者たちは背中を向けた。ヴィクがはね起きて服をかき集めはじめた。「大丈夫だ」彼女が服を着ると、サンドロは言った。意味のない決まり文句だった。この状況ではまったくの無力だ。彼も服をつかんだ。

「あの子と一緒にいるべきだったのに。きっと怯えているわ」

ヴィクやニックが危険にさらされていると思うと、サンドロの中に激しい怒りがこみあげた。サンタ・フィオリーナに帰還したとき、国や人心の荒廃を目にして怒りに震えたが、こんなに怒ったのはそのとき以来だった。

ここでサンドロにできることは何もなかった。またしても、彼は自分の身の安全を他人が確保してくれるのを待つしかなかった。亡命したときと同じだ。サンドロがしたのはサンタ・フィオリーナの人々とともに血を流すことではなく、異国の地で外交を武器に戦うことだけだった。それなのに、勝利者として帰還を果たしたのだ。

「どうしてこんなに時間がかかるの？　ただニックを連れてきてほしいだけなのに」

ヴィクの声はささやきに近かったが、サンドロには非難の叫びに聞こえた。彼女の顔は青白く、今にも倒れそうだ。サンドロはヴィクに歩み寄り、震える彼女の体をしっかりと抱きしめた。自分がヴィクをこんな目にあわせたのだとわかっていた。守ると約束したのに、僕は彼女たちを守れなかった。こんなことになった責任は僕にある。

「僕があの子を連れてくる」

ヴィクが彼の腕から抜け出し、涙で濡れた顔をぬぐった。「お願い、あの子は無事だと言って」

サンドロが寝室から居間へ行くと、警護主任がインカムで部下たちに指示を伝えていた。サンドロには口出ししないほうがいいとわかっていた。

指示がすむと、主任がこちらを向いた。

「何が起きているのか教えてくれ」

「侵入者たちは庭から入りこみ、北側のドアを突破したようです。破壊されたのかもしれませんが、錠に欠陥があったようです」

「何人いる？」警護主任は〝侵入者たち〟と言った。つまり複数ということだ。計画的な犯行だと思うと、氷のように鋭く冷たいものが背筋を走った。

「少人数の二グループで、どちらも武装しています。一方は敷地内で確保しました。もう一方は宮殿に侵入しましたが、すでに捕らえました。どちらも地図を持っていて、陛下の私室と子供部屋にしるしがついていました」

サンドロは顔を撫でおろした。これこそずっと恐れていたことであり、防ごうとしていたことだったのに、ヴィクと息子を守るはずの宮殿で二人を危険にさらしてしまったのだ。

「武装した侵入者が一人、逃走中です。最後に目撃されたのは子供部屋の近くで――」

「いや！」

ヴィクの叫び声にサンドロは振り向いた。彼女は肘掛け椅子の背を指の関節が白くなるほどきつくつかんでいた。顔がゆがみ、目が赤く充血して、呼吸が速い。サンドロは彼女のそばへ行き、再び腕の中に引き寄せた。ヴィクが彼にしがみついて、息子の無事を願う言葉を繰り返しつぶやく。暗い思い出がよみがえり、サンドロは絶望と無力感に襲われた。九歳の少年に戻ったかのようだった。

警護主任が二人に配慮して後ろに下がった。サンドロはどうすればいいのかわからなかった。ニックの無事を祈りながらヴィクを抱きしめることしかできなかった。

「陛下」どれほどの時間が流れたのか定かではないが、警護主任が呼びかけた。「侵入者はすべて捕えられました」

ヴィクが頭をもたげた。鋭いノックの音に続いてドアが開き、イサドラがニックを抱いて入ってきた。息子の顔には涙の跡があったが、今はおおぜいの人にびっくりしたように目を見開いている。ヴィクがうめき声をあげながら二人のもとへ駆け寄り、ニックを抱き取った。サンドロもそばへ行き、腕の中に二人を包みこんだ。王であることを後回しにし、しばし一人の男として深い安堵の瞬間にひたった。

誰がこんなまねをしたにせよ、報いを受けさせねば。サンドロはゆっくりと息を吸いこんだ。ここにいたいのはやまやまだが、やるべき仕事があった。

彼はひびが入りそうなほどきつく歯を食いしばった。

「やつらのもとへ連れていってくれ」サンドロは警護主任に言った。ヴィクが彼の腕の中で硬直した。

「陛下、それは賢明ではありません」

「賢明ではない？　それはやつらに言ってくれ。私の婚約者と息子に近づくのがどれほど無謀か、一人一人にわからせてやる」そこでサンドロはヴィクに向き直り、彼女の頬を撫でた。「ちょっと席をはずすよ。何か必要なものは？」

「あなたよ」ヴィクがささやいた。

僕はヴィクを守れなかったし、彼女にふさわしくない。それでもヴィクはまだ僕を求めている。

「すぐ戻る。他に何かないか？」

「ニックにミルクを」

イサドラが割りこんだ。「私が用意します」

「この子を見てくれてありがとう」ヴィクが言った。

「レディ・アスティル、光栄の至りです」

サンドロは警護官を引き連れ、後ろ髪を引かれる思いで部屋を出た。廊下を進みながら、頭の中ではさまざまな疑問がぐるぐる回っていた。もし警護官たちがやつらをつかまえられなかったら？　ニックは誘拐されていただろうか？　ヴィクは？　母親は必要なかったのだろうか？　サンドロはゆっくりと息を吐いた。これではいけない。悪い想像にとらわれて恐怖に駆られるのではなく、自分の力でできることに集中しなければ。

「侵入者たちは独房にいるのか？」宮殿の地下に向かいながら、サンドロは警護主任に尋ねた。

警護主任がうなずいた。

サンドロは安堵した。侵入者たちは僕の叔父や従弟が国を治めていた二十五年間の残酷な歴史を知っている。彼らにどういう罰が待っているかわからせて恐れさせればいい。

「まずは侵入者の一人と話したい。君が選べ。それを他の連中にも聞かせたい」

「各独房のインターホンを通じて話を聞かせましょう」

警護主任が思案しながら、いくつもあるドアの一つを選んで開けた。中には多くの警護官がいた。部屋は裸電球一つで薄暗い。傷だらけの汚れたテーブルが中央に置かれ、椅子には手錠をかけられた男が座っていた。全身黒ずくめだ。サンドロの喉に胃液がこみあげた。彼は拳を握り、再燃した怒りがあふれ出さないよう抑えこんだ。

この男の狙いは誰だったのだろう？　僕か？　ヴィクか？　ニックか？

しかし、どんなに激怒していても、サンドロは王だった。両親の期待に、王として祖国に戻る日のために命を賭して身を守ってくれた人々の期待に応えなくてはならない。僕には伝えるべきメッセージがあり、捕らえた一人一人にそれを聞かせなくては。

サンドロは立ったまま囚人をにらみつけた。痣(あざ)だらけの囚人が臆せずにらみ返す。サンドロは微動だにせず、相手が自分の顔に浮かぶ嫌悪と軽蔑を見て取ることを願った。すると男が目をそらし、サンドロはそれを降参のしるしと受けとめた。

「うまくいくと思っていただろうが、そうはさせない」サンドロが静かに言うと、男が思わず話を聞こうというように身を乗り出した。「おまえのボスは以前、私を暗殺しようとして失敗した。あの男に温情をかけるべきではなかった。おまえは私の息子を狙うという致命的な過ちを犯した。許すことはできない。グレゴリオの居場所を吐かない限り、慈悲をかけることはないぞ」

サンドロはヴィクとニックを守れると思っていたが、実際には二人をより危険にさらしただけだった。しかも、最初の政略結婚に失敗した彼女に再び政略結婚を強いたのだ。自分が与えられない愛に値する女性に。僕は息子の母親と結婚する必要はないし、ヴィクは王妃になる必要はない。そう考えると胸が痛むが、僕は別の女性を見つけることもできる。今の僕の務めは、ヴィクを、ニックを安全に守ることだ。それ以上の使命はない。

サンドロはテーブルに手を置いた。身を乗り出すと、男がひるんだようすで目を見開いた。

「もし首謀者を引き渡さなかったら、おまえたち全員に地獄の鉄槌を下す」

ヴィクはそわそわしながらソファに座っていた。パソコンに向かい、サンタ・フィオリーナで活動している国際的な人道支援団体に、地元団体への資金援助について話し合いたいとメールを送ろうとしたが、それさえも集中するのに苦労した。宮殿に武装グループが侵入したあの恐ろしい夜から三週間あまりがたったが、事件の詳細はほとんど聞かされなかった。おそらく私を怖がらせないためだろう。ヴィクの警護は強化され、彼女とニックの世界はスイートルームと厨房と庭に限られていた。ただ、猫の母子がすっかりなついたおかげで、不安を忘れられる楽しみができた。サンドロの姿はほとんど見かけなかった。

確かに、夜になるとニックにおやすみを言いに来たが、仕事があるからとすぐに執務室に戻っていった。ときどき夜遅くにヴィクが目を覚ますと、ベッドの隣にもぐりこんでいることもあった。しかし、朝までにはいなくなる。

ヴィクは警護官から、状況が安定するまで婚約発表が延期されたこと、つかまった侵入者から重要な情報が提供されたことを聞かされた。警護チームはサンドロの従弟を捜し出そうとしているのかもしれない。それで彼は忙しいのだろうか……。

あれ以来、ヴィクの体が切望している情熱的な営みはなかった。コーヒーを飲みながら、サンドロが彼女の一日について尋ねたり、二人でニックについて話したりすることもない。彼女は、今までの経緯を考えれば理解しがたいほどサンドロが恋しかった。たとえうまくいかなかったとしても、彼は私とニックを守るために精いっぱい努力してくれていたのだ。

ヴィクはどうしていいかわからず、パソコンの電源を切った。ニックはすでにベッドに入っていた。そういうとき、サンドロはいつも眠っているニックを静かに見守った。ヴィクは今、彼にここにいてほしかった。外が暗くなり、心臓の鼓動が少し速まった。でも、恐れることはない。このスイートルームは厳重に警護されているし、敷地内はおおぜいの警護官が巡回している。

そのとき、スイートルームのドアが開き、サンドロが現れた。ヴィクの心拍数は急上昇した。この三週間、彼女が見たのは国王としての姿だけだった。今夜もまだスーツを着ているところを見ると、おそらく仕事を中断して来たのだろう。それでも息をのむほどすてきだ。

「忙しかったの？」

サンドロが堅苦しくうなずいた。「いつもどおりだ」

その声には疲れが感じられた。ヴィクはサンドロのほうへ行き、彼に腕を回して、すべてうまくいくと伝えたかった。私たちは大丈夫だと。どうしてそうしたいのかはわからない。いつから〝私たち〟と考えるようになったのだろう？　わかるのは、心の奥底ではずっと彼と自分の間に深い絆を感じていたということだけだ。その事実に、ヴィクは深い安堵感を覚えた。

しかし、サンドロは後ずさり、ヴィクと距離を置いた。彼女は胸に鋭い痛みを感じたが、それを無視した。彼がどんな思いをしているのか、ヴィクには想像もつかなかった。

「ニックは眠っているわ。あなたに会いたがってい

たけれど」

「忙しかったんだ」サンドロがそう言って顔を撫でおろした。目の下には黒い隈ができ、口元には深いしわが刻まれていて、今にも倒れそうに見える。

「食事はすんだの？　厨房に何か頼む？」

サンドロが首を横に振った。「いや、話し合いをしなくては」

目を合わせようとしないサンドロにヴィクは困惑した。この三週間、ほとんど会えなくても、コミュニケーションは取れていたのに。

「わかったわ」サンドロが慎重に距離を保とうとしているのが伝わってくる。「何について？」

「僕の従弟のことだ」サンドロが吐き捨てるように言った。「やつは逮捕された。この国では多くの罪で起訴されるだろうし、国際的にはサンタ・フィオリーナに対する戦争犯罪で訴追されるだろう」

「ああ、よかった」安堵感とともに高揚感がヴィクの胸に広がった。涙が目に染みる。これでニックは安全だ。みんな安全だ。サンドロは両親の敵を討ち、背負ってきた重荷を下ろすことができる。ヴィクは彼を抱きしめ、感謝したかった。だが、サンドロはさらに彼女から離れた。その拒絶は、紙を切るようにやすやすとヴィクの心を切り裂いた。

「侵入者の数人にかなりの情報を提供してもらった。やつも今回は罪から逃れられない」サンドロが落ち着きなく部屋の中を歩きだした。常に冷静で自信に満ちている彼には似つかわしくないふるまいだ。

「つまり、将来を考えるときが来たということだ」

二人はずっとそのことを考えてきた。結婚し、ヴィクが王妃となる将来を。それを思うと、ヴィクは笑いそうになった。この美しくて複雑な男性と初めてベッドをともにしたのはもうずいぶん昔のように

感じるけれど、一度として自分が王妃になる将来など思い描いたことはなかった。彼女が望んだのは、サンドロと同じく、一晩だけ解放感を味わい、自分らしく過ごすことだった。

これから何が待っているのかと考えると、ヴィクは恐ろしくなると同時に興奮も覚えた。王妃として人々にできることはたくさんある。そしてサンドロとともに、いつか王位につくニックを最高の君主になれるよう導こう。

ただ、何よりも大切なのは、三人が家族になることだ。ここで一緒に過ごすうちにすでにそうなれた気がしていたけれど、自分がどれほど強く切望していたかは今まで気づかなかった。確かにランスも家族だ。でも、兄にはサラがいる。私はずっと結婚や子供や笑いと愛に満ちた家庭を望んでいたのだ。

もっとも、サンドロとの結婚に愛は関係なかった。彼はそう明言していた。だが、ヴィクの胸には、温かく深い感情が花開いていた。ニックは父親を愛し、母親を愛している。その愛が夫婦の間にも広がっていくかもしれない。ヴィクは自分自身のために、そしてサンドロのために愛を切望した。彼こそ愛にふさわしい人物だ。

ヴィクはほほえんだ。しかし、サンドロはほほえみ返さなかった。王にふさわしく冷然としていて、ロンドンの飛行場での彼を思い出させた。だが今のヴィクには、ベッドで情熱を交わした男性が必要だった。二人を守るために。

「将来？　私は楽しみにしているわ」

サンドロが一瞬たじろいだように見えた。

「グレゴリオと一味は今刑務所にいるし、彼の取り巻きは国外に逃亡した。君たちをここへ連れてきたときのような危険はもうない。ここにとどまる必要はないんだ」

まるで床が割れ、丸ごとのみこまれたかのようだった。ヴィクは唖然としてきき返した。「なんですって?」

「あのときは君たち二人に危険が迫り、すぐに行動を起こす必要があった。だが、もう違う」

ヴィクは耳を疑った。二人が分かち合った極上の情熱の営み、これから発表される婚約、サンドロが贈ってくれた豪華な指輪、そして私とニックとずっと一緒にいるという約束はどうなるの?

「サンドロ――」

サンドロが手を振ってさえぎった。「僕たちは正式な婚約をしたわけでもないし、問題ない」

ヴィクはかぶりを振った。「よくわからないわ」

「単純明快だ。君たちは宮殿にいる必要はない。サンタ・フィオリーナにとどまりたいなら、そうしてくれていい。イギリスに帰りたいのであれば、飛行機を手配する」

「でも……ニックはあなたの跡継ぎよ。それはどうなるの?」

「君はニックにふつうの生活をさせたいと言っていた。あの子にはそれができる。君が一番恐れていたのは、僕が息子を奪いに来ることだと言っていたじゃないか。あの子は元の生活に戻れるんだ」

ヴィクの心臓の鼓動が速くなった。「何を言っているの?」

「覚えているだろうが、ニックを僕の跡継ぎとする正式な発表はしていない」

サンドロは私を追いやるだけでなく、ニックをも追いやろうとしている。

「でも、DNA鑑定では……それにこの国には非嫡出子でも王位継承権が……」急に部屋の空気が薄くなったようにヴィクはほとんど息ができなかった。

「物事は白か黒かではなく、ほとんどがグレーなんだ。つまり、どうとでも解釈できる」

「嘘をついたの?」

「嘘はついていない。君が自分の信じたいように信じただけだ」

その言葉が平手打ちのようにヴィクを打った。どうしてこんなことになったのか、彼女は今わかった。サンドロとの将来を望むあまり、彼の言うことをなんでも信じてしまったからだ。亡くなった夫から教訓を得たのを忘れていた。

「あなたは私たちの人生を引っくり返したのよ。私たちを危険にさらし、将来を約束しておいて今そんなことを言っている。なぜ?」

「僕は王だ。王の権限でできることはたくさんある」

サンドロは私を愛していなくても、ニックは愛している。それは確かだ。武装グループが宮殿に侵入した夜の彼の怒りはすさまじかった。かつて私はサンドロにニックを奪われることを恐れていたけれど、そのあとで彼は息子にふさわしい立派な人物だと信じるようになった。私を拒絶しても、ニックを拒絶することはないはずだ。

「ニックはあなたの息子よ」

サンドロが背を向けて窓に近づき、暗闇を見渡した。「君たち二人の面倒は見る」

その瞬間、ヴィクは恐怖に引き裂かれそうになった。そんな我慢の限界に近い痛みに耐えながら、サンドロに感じているものは単なる尊敬や称賛の念ではなく、魂にしがみついて離れない何かだと悟った。今まで男性を愛したことはないけれど、これこそ愛に違いないと思うと怖くなった。けれども、それ以外にはありえない。

初めて一夜をともにしてから数週間、ヴィクはサンドロのことを思いつづけた。その気持ちは驚きから喜び、喜びから失望へと変化していったが、心の奥底では気づいていた。あの夜から今に至るまで、私はサンドロを求めてやまなかった。その気持ちは今も変わっていない。

　でも、それは大人の問題だ。二人の間には両親の思惑を理解できない子供がいる。

「面倒を見てもらう必要はないわ。自分のことは自分でできるから。ニックの面倒も見られる。気がかりなのは、父親を愛しているあの子にどんな影響があるかってことよ」

「ニックはまだ幼い。適応できる。記憶は月日とともに薄れていくものだ」

　サンドロは私を拒絶できるかもしれない。男の子を望んでいた両親は娘に興味を持たなかった。亡くなった夫は妻を道具としてしか見ていなかった。でも、ニックは拒絶されてはならない。

「あなたはご両親を亡くして適応できたの？　月日とともに記憶は薄れた？　ご両親の写真を携帯に保存していたわね？」

　サンドロが真っ青になった。「やめろ！」

「〝やめろ〟じゃないわ！　ご両親の記憶は薄れていない。あなたは無残に命を奪われたご両親のことで頭がいっぱいなのよ。嘘はついていないと言ったけど、今は嘘をついている。自分自身に。本当の自分を隠しているのよ」

「これが僕だよ。ずっとそうだった」サンドロが胸に手を当てた。「僕は変わっていない。君が僕のことを見ていなかっただけだ。今は僕をどう思っている？　僕が君の夢や期待に応えたか？　僕は王だ。だから責任を果たす相手は国民で、他の誰も特別扱いはしない。そう考えると、僕は君の大切な息子にふさわしい男と言えるのか？」

　では、ニックはサンドロのものではなくなったの？　その事実はヴィクの胸にナイフのように突き刺さった。あれほどニックは自分のものだと言い張ったのに、今はもうなんの意味もないの？

「私はたいていのことは許せるわ」ヴィクはサンド

ロのハンサムな顔と甘い言葉に惹かれ、ひそかな望みがかなうと信じていた自分を恥じた。「初めてニックを抱きしめた瞬間、私はこの子を命がけで守ると誓ったの。あなたもそうだと言ったのに、こんなことをするの？　あの子を傷つけようとするあなたを、私は絶対に許せない」

サンドロの顔に奇妙な表情が浮かんだ。まるで打ちひしがれているかのようなその表情は、すぐに冷たく決然としたものへと変わった。

「これ以上言うことはない。君に連絡するよう秘書に頼んでおく。もしサンタ・フィオリーナにとどまるのであれば、宮殿の敷地内にコテージがある。そこなら小さな男の子が喜びそうな庭がついている」

ヴィクはかぶりを振った。今さらニックのことを気にかけるというの？　そんな見せかけはもうたくさん。私はずっとごまかしの中で生きてきたけれど、ここでは何かを見つけたと信じていた。そう、真実を、安らぎを、そして自分の望みを知り、それを実行に移す男性を。でも今、彼が誰よりも偽物であることがわかった。

ヴィクはサンドロの目をまっすぐに見た。遠い子供時代のまぶしい夏の日のように、自分の記憶にずっとまとわりついてきた青い瞳を。

「あなたからは何ももらう必要はないわ」そう言うと、ヴィクは今までしたこともない丁寧なお辞儀をした。サンドロの栄誉をたたえるためではない。そこには一片たりとも畏敬の念はこもっていなかった。

「でも、ご慈悲には感謝いたします、陛下」

11

ヴィクはスイートルームの居間の床に座って遊ぶニックを眺めていた。宮殿の敷地内のコテージに移らないかという提案は断った。実のところ、彼女は自分が何を望んでいるのかわからなかった。自分一人ならさっさとサンタ・フィオリーナを去っていただろうが、ニックのことを考えると簡単に決断は下せなかった。

ニックが先に羽根のついた棒を振り、子猫がそれをつかまえようとジャンプすると、甲高い声をあげた。庭にいた他の子猫たちはスタッフの助けを借りて新しい飼い主にもらわれていったが、このルナだけは自分たちで飼うことにした。最初はおとなしかったが、今ではヴィクの膝で日向ぼっこをし、ニックと遊ぶ。

ヴィクはいつも何かを救ってきた。傷ついた動物や女性たちの世話をしてきた。しかし、そういう経験があったにもかかわらず、サンドロを救うことはできなかった。孤独な夜の暗く陰鬱な静寂の中で、彼女は二人の最後の会話を何度も思い返していた。そして、ゆっくりと理解するようになった。

私はサンドロを愛している。

最初のうちは思いこみだと否定し、あらがったこともあった。サンドロへの愛が二人の情熱の激しさに隠れてしまっていたからだ。だが、彼の腕の中にいるときのなんとも言えない安らぎ、一緒に過ごすときの喜び、背を向けられたときの胸が引き裂かれるような痛みは、今まで経験したことのないものだった。

こんなふうに誰かを心から愛したことはない。夫に対しては愛はなかった。周囲の若い女性と同じく、ヴィクはブルースに恋をしようとした。盛大な結婚式や美しいドレスやきらめく宝石は、たとえ政略結婚であっても永遠の幸せを約束しているかに思えた。だが夫との関係は、彼の心理的虐待のせいでひどく不安定で、サンドロに対するような感情はなかった。

今、ヴィクは異国の地にいて、イサドラがいるとはいえ、本当の支えがなかった。これまでと同じく孤独だった。

ドアをノックする鋭い音に、ヴィクは物思いから覚めた。サンドロ？　期待に胸を高鳴らせる自分がいやだった。あんなことをされたのに、まだ彼を求めているなんて。彼女はドアに駆け寄って開けた。そこにいるのが誰かわかると、なんとか保っていた虚勢が崩れた。

「ランス！」ヴィクはわっと泣きだした。

ランスが中に入ってドアを閉め、いつものようにヴィクを抱きしめた。兄は強く、やさしく、安心できる。しかし、彼女が待ち焦がれていた人物ではなかった。

「電話をもらってすぐに駆けつけたんだ」

ヴィクは体を離して目をぬぐった。「電話って？」

「ビザが下りたからすぐ来るよう、宮殿から言われたんだ」ランスがヴィクの肩を軽くつかみ、彼女の顔を見まわした。「彼に何をされたんだ？　ニックは大丈夫なのか？」

「ニックは大丈夫よ」ヴィクは洟をすすり、また目をぬぐった。「あの子は居間にいるわ。挨拶してやって。お兄さまの顔を見たら喜ぶわ」

二人はニックがいる居間へ行った。歩く練習をしていたニックが伯父に満面の笑みを向け、うれしそうに手を振ろうとして、すぐに尻もちをついた。

「おいで、坊や」ランスはくすくす笑っているニックを抱きあげた。「家に帰りたいだろう？　サラ伯母さんが寂しがっているぞ」

一瞬心臓が止まり、ヴィクはほとんど息ができなかった。「家に帰るってどういうこと？」

ランスがもがく甥を床に下ろすと、ニックはおもちゃのほうへ這っていった。兄は元気そうで、以前の鋭さがなくなり、どこか丸くなっていた。愛ある結婚生活が合っているのだろう。こんなふうになるとは思ってもみなかったが、ランスが本当に幸せだと知って、ヴィクはほっとした。

「君たちはイギリスに帰るんだ。そこに至るまでのバルドーニとの交渉は大変だったよ」

「サンドロはそんなに私たちを出国させたいの？」

足が動かなくなり、ヴィクはソファに座りこんだ。

ランスが眉をひそめた。「帰りたくないのか」

それは質問ではなかった。

「私は……」その瞬間、ヴィクはそのとおりだと気づいた。サンドロのいるここにいたかった。一緒にいると、二人はより強くなり、離れていると、自分の大切な部分が欠けたように感じる。でも、愛する人が私を必要としていないのに、どうしてここにいられるだろう？　日々苦しみ、やがて彼が他の誰かと結婚するのを見るはめになるのに。

いやよ。ヴィクのあらゆる部分がその考えに反発した。

「ヴィク」ランスが隣に座り、やさしく気遣わしげに呼びかけた。「バルドーニは僕に嘘をつき、君たちを無理やりイギリスからここへ連れてきたんだぞ。間違った行いだよ」

「もしサラとの間に子供がいたら？　もしその子供とサラに危険が迫っていたら？　お兄さまは二人を守りたいと思うでしょう？」

ランスが唇を引き結び、指にはめた結婚指輪を回した。「たとえ一生恨まれるはめになっても、サラと子供を守るためならなんでもするだろう」

「ほらね」

「だが、彼は君を泣かせた。もう涙はたくさんじゃないか」ランスがかぶりを振った。「サラと僕は愛し合っているし、こんな状況には決してならない。君たちと僕たちは違う」

ヴィクは顔をしかめた。「そうかしら」

ちょうどそのとき、小さなルナが部屋を走り抜けた。

「子猫かい？　君たちはすっかりここに腰を落ち着けているんだな」

「庭で子猫を見つけて、あの子以外は飼い主を見つけたの。あの子は一番ちっちゃくて」

ランスのまなざしがやわらいだ。「君はやさしい心の持ち主だ。どんなに厳しくなろうとしても」

ヴィクははっとした。武装グループが宮殿に侵入したあの恐ろしい夜からすべてが変わったのだ。サンドロは冷たく、厳しくなった。ロンドンの飛行場にいたときのように。でも、彼は本当にそんな人になってしまったのだろうか？

いや、そうは思えない。サンドロはずっと私とニックを守ってくれた。もしも彼が無理に冷たく厳しくなろうとしているとしたら？　幼いころに多くを失ったせいで、やさしくなるのを恐れているとしたら？　つらい経験をした人が人間関係に対して恐れを抱くことはよくある。でもサンドロは、自分には愛される資格があると信じる強さを私に与えてくれた。それに、ランスは愛によって大きく変わった。

愛はきっとサンドロをも変えることができる。

でも、彼は私に愛を返してくれるだろうか？

サンドロが最悪の頭痛に悩まされたあの日、彼のベッド脇のテーブルの引き出しには二人が出会った夜に私が書き残したメモが入っていた。もしサンドロがずっと私を忘れられないでいたとしたら？　冷たく厳しい男性なら、そんなメモを取っておくはずがない。女性からの書き置きを取っておくのは感傷的でロマンチックな行為だ。

もしサンドロも私を愛していて、帰国させることで私を救おうとしているとしたら？　見当違いの方法だけれど私を守ろうとしているとしたら？

ヴィクの頭の中には答えの出ない疑問が渦巻いていた。また傷つくはめになるのかもしれない。でも、闘いもせずにあきらめたくない。それなら、私を手放すことは正しい行いではないとサンドロに納得させなければ。

「その電話でお兄さまとランスは何を話したの？」

ランスが肩をすくめた。「いろいろだよ。君を帰国させるためにね」

ヴィクは目を細くして兄を見つめた。

「その表情は知っている。てこでも動かないって顔だ」

「私に望みをきけばいいだけなのに、私のために何が最善なのかを勝手に決める人たちにはうんざりしているの。だから、その電話でサンドロが何を言ったのか、正確に教えてちょうだい」

ヴィクは答えを聞き出す自信があった。自分とニックにふさわしいもののために闘う前に、必要な情報を手に入れるつもりだった。


サンドロは以前ヴィクとニックを見つけた庭に行った。二人の幸せそうなようすを見ていると、心が安らいだ。ニックが母親に愛されているのは間違いない。何が起きても、ヴィクは息子を守るだろう。

しかし今、すべては失われ、何も残っていない。

ヴィクとニックがよく座っていたベンチにサンドロは腰を下ろした。彼が婚約を解消したときでさえ、彼女は息子を連れてここに来ていた。サンドロは宮殿の窓からそんな二人の姿を眺めていた。

自分は正しいことをしたのだと、サンドロは信じていた。彼の心に疑いはなかった。ヴィクが最初の悲惨な結婚について話したとき、サンドロは自分たちの結婚はそうはならないと思った。

僕はヴィクの亡くなった夫とは違う。僕とヴィクの間には情熱がある。だが結局、互いに尊重し合い、子供を大切にしている。ヴィクとニックを守るためだったとしても、彼女をだまし、愛する家族から引き離して、危険にさらした。ヴィクの涙と恐怖の表情は忘れられない。すべては僕のせいだ。

ヴィクには愛してくれる人を見つける権利があり、それが賢明だからという理由で政略結婚を強要される筋合いはない。ヴィクには情熱と愛が、彼女のために詠まれた詩が必要なのだ。そしてニックは無邪気な男の子でいなくてはならない。幼いころから常に義務に縛られていた僕とは違って。

イギリスに帰るのが二人にとっては一番いい。僕は愛がなんなのか、自分に愛することができるのか、まるで確信が持てない。これまで恋愛をする機会も望みもなかった。だが、このあまりに大きな痛みに耐えられるだろうか？　ある意味で、両親を失った痛みよりもひどい。いや、これが愛であるはずがない。今までずっと、愛とは過酷な人生を受け入れやすくするためのやさしく甘い感情だと思ってきた。強くあらねばならない王に、やさしさや甘さはふさわしくない。

今の僕にはそんなものはない。あるのは悲しみのようなものだけだ。

悲しみは愛の代償だと何かで読んだことがある。僕は両親を愛していた。両親を思い出して悲嘆に暮れたことなどなかったとしても。あの夜の出来事は記憶から締め出されていた。宮殿から逃げ出したこと、九歳のときに初めて陛下と呼ばれたこと、それが間違いだと思ったこと。陛下とは王であり、父親がいれば自分は王ではないのだから。そのあと恐ろしい知らせを聞かされ、子供なら誰でも抱くような感情――ショック、恐怖、憤りに駆られたこと。そして、それらは王の反応ではなく、子供の反応だと言われたこと。

その日、サンドロにとってはすべてが変わった。彼はもはや少年ではいられなくなったが、心の一部の成長は止められたままだった。ヴィクの言っていたとおりだ。あれは愛ではなく、虐待だった。

サンドロは携帯電話を取り、あるフォルダを開いた。かつてそこには恐ろしい写真が一枚だけあった。今は別の写真がそこに加わった。この庭で撮ったヴィクとニックの写真だ。その二枚の写真は、彼の人生における最悪と最良を象徴していた。今日は前に進む日だ。そうでなければならない。ヴィクの兄がここに来たのは、彼女とニックを帰国させるためだ。サンドロはヴィクがニックを連れてイギリスに帰りたがっていると確信していた。従弟とその一味が逮捕されたあと、もはや危険がないことは明らかになっている。国際刑事警察機構(インターポール)は国外逃亡した残党を一網打尽にした。ランスは、ヴィクとニックは自分といるほうが安全だと断言した。そのとおりだった。

僕は正しいことをしなければならない。

二枚の写真はどちらもサンドロの人生の一部だった。彼は叔父がしたことを見せられ、敵を討つよう言われた日以来、自分を苦しめてきた両親の写真を開いた。その写真は、失ったもの、戦わなければならないものを思い出させた。覚えている限り、僕はそれに支配されてきたのだ。

過去は過去だ。もう取り戻せない。そして復讐(ふくしゅう)を果たしたからといって、すべてが終わるわけではないのだ。

携帯電話の画面の上でサンドロの指が止まった。

これが両親との最後の思い出であってはならない。すべてを奪われる前に笑顔で幸せそうにしていた両親を思い出すことは許されるはずだ。

〝それは愛じゃない、一種の虐待よ〟

サンドロは写真の削除ボタンを押した。痛みがみぞおちを締めつけたが、安堵感は大きかった。残された写真は一枚だけだ。その写真は、どんなに苦しくても、僕が永遠に持ちつづける新しい思い出となる。最悪のときではなく、最良のときの記念だから。正しい行いをするとはどういうことなのかを思い出させるものだから。両親が誇りに思う王になるためには、他にどんな代償が必要なのだろう？

サンドロは携帯電話を放り出し、両手で頭を抱えて泣いた。

12

ヴィクは庭のベンチに座るサンドロをしばらく見つめていた。この塀に囲まれた小さな庭はニックとともによく過ごし、自分の過去と未来について考えた場所だ。サンドロは微動だにせず、日差しの中でうなだれ、まるで人生について考えているかのように見えた。携帯電話が足元の砂利の上に放置されている。ヴィクは彼に向かって歩きだした。自分が望んでいる未来、もう恐れていない未来に向かって。

ヴィクの影が砂利の上に落ちると、サンドロが顔を上げ、携帯電話を拾いあげた。彼は自分のしたことに満足しているのだろうかとヴィクは思った。そこでサンドロが彼女を見あげ、目を見開いた。白目が充血し、顔のしわがいちだんと深くなっている。眠っていないかのような憔悴しきった顔だ。満足している顔ではない。彼がそうさせてくれるなら、二人の人生に喜びを取り戻すことができるかもしれない。私は二人のために闘わなければならない。でも、もし闘いに勝てなかったら……？

そのときは改めてどうするか決めればいい。深く傷つくかもしれない。けれども、私にはそれに耐えられるだけの強さがある。

「ヴィク……」

サンドロの声は悲しみと痛みに満ちていて、まるでガラスの破片を喉の奥から吐き出したかのように聞こえた。それから彼が立ちあがると、何かが変わった。顔に表情がなくなり、背筋が伸びた。その瞬間、ヴィクはサンドロという男性が消えたことを知った。そこにいるのはアレッサンドロ・ニコライ・バルドーニ国王だった。

ヴィクは膝を曲げて丁寧にお辞儀をした。「こんにちは、陛下」

もしヴィクがサンドロをそれほどよく知らなければ、彼のショックや体のこわばりに気づきはしなかっただろう。しかし、彼女はサンドロを知っていた。彼のすべてを知っていた。もっと重要なのは、サンドロを愛しているということだ。

「ニックはどこだい？」サンドロが尋ねた。

「ランスと一緒にいるわ。伯父さんに会えて大喜びよ」

彼の顎がこわばった。「そうだろうな」

サンドロの全身が本当に欲しいものを声高に叫んでいた。欲しいのは君だと。ほんの少しの間でもサンドロの理性のスイッチを切り、彼の心を解き放ってあげられたらいいのにとヴィクは思った。

「何か言いたいことがあるのか？　僕には統治すべき国がある」

「しばらくの間なら、あなたがいなくてもサンタ・フィオリーナは持ちこたえると思うわ」ヴィクは大事な話に備えて深呼吸をした。「私にとって何が一番つらかったかわかる？」

「なんの話か、見当もつかない」

サンドロは嘘をついている。顎が引きつったのがその証拠だ。

「自分があなたに拒絶されたことじゃない。私は大人だから。つらかったのは、あなたがニックを拒絶したことよ」

サンドロが首を横に振った。「僕は決して——」

ヴィクが手を上げると、サンドロは黙り、彼女に背を向けた。ヴィクは傷ついたが、彼が肩を落とすのを見て理解した。たぶん、サンドロは自分を恥じていて、私が言うことを聞きたくないのだろう。

「あなたはニックがいずれ王になることを正式には認めていないと言ったわね。物事は白か黒かではなく、ほとんどがグレーなのだと。ニックが関わることにグレーはないわ。私にとっては。あの言葉を忘れることはできない」

サンドロの言葉はナイフを心臓に突き立てられたかのようにまだ痛かったが、ヴィクは彼が自分とニックを無理やり遠ざけるために言ったのだと考えるようになった。というのも、武装グループが宮殿に侵入し、彼の従弟がつかまったあと、すべてが変わったからだ。ランスは何時間もサンドロと話し合ったと言っていた。兄がこの国に来ることではなく、私とニックの身の安全について。長時間のビデオ電話でサンドロは、この国にとどまらせたら私とニックを守り抜けないかもしれないと言い、ランスに二人をイギリスに連れて帰り、自分よりも確実にその身を守ってほしいと頼んだという。サンドロは私とニックを守りたい一心だったのだ。

ランスの話を聞き、ヴィクはサンドロが愛ゆえにこのようなことをしているのだと確信した。そして、傷つきながらも彼に愛を返そうと心に誓った。サンドロのため、二人のため、自分たちが望む小さな家族のために闘う覚悟はできていた。

だから少しくらいずるい手を使うのもいとわない。

ヴィクはほほえんだ。

「僕は本当のことを言っただけだ」サンドロが言った。

「そうかしら？　あなたは誰よりも自分自身に嘘をついていると思うわ。でも、思い出してほしいの。ニックを守るためなら私は死ぬまで闘うと言ったわよね。今、弁護士と話をしたところよ」

サンドロはヴィクをまともに見ることができずに背を向けた。しかし、彼女の言葉に衝撃を受けて、振り返った。今のはどういう意味だろう？　ヴィクを自由にするためにイギリスに帰そうとしたのに、なぜこんな話になったのか？　彼女はニックを連れて帰ることを正式に認めてもらいたいに違いない。親権に関する契約は従弟が作成した偽の書類で、なんの効力もないのだから。

「そうだろうな」サンドロは言ったが、疲労のせいで冷ややかさを声にこめることができなかった。一方、ヴィクの表情は冷たくよそよそしい。

「自分の将来を決めるのはニック自身よ。あなたにそんな権利はないわ」

「何を言っているんだ？」

「私の弁護士によれば、王が自らDNA鑑定を希望した場合は、あなたが主張するほどグレーではないそうよ。結果によってはニックがあなたの跡継ぎだと認めたとみなされる可能性があるから」

サンドロはずっとヴィクなら完璧な王妃になると考えてきたが、この瞬間、まさに彼女こそ宝冠を戴(いただ)くにふさわしいと思えた。ニックの存在を知ったとき、彼は同じ忠告を受けていた。DNA鑑定の結果だけで後継者と認めたことになると。

〝物事は白か黒かではなく、ほとんどがグレーなんだ〟

自分の言葉が頭をよぎった。ニックが王位継承者になるとはどういうことか、ヴィクはわかっていないのだ。サンドロは勇敢な彼女に感心する一方で、怒りが頂点に達するのを感じた。

このままではヴィクは自由になれない。これまでサンドロは彼女とニックの存在が報道されないようにしてきた。いったん二人の存在が公表されれば、選択肢はなくなる。彼はヴィクと結婚しなければならず、ニックは王の正式な後継者となる。このままではは彼女の腕をつかみ、叫びたかった。このままではサンドロは逃げ道がなくなってしまう。

ロンドンの飛行場に立っていた日のようだった。あの日、僕はヴィクに選択の余地を与えなかった。

サンドロはヴィクを見つめた。彼女の唇には穏やかな笑みが浮かんでいる。ヴィクは僕の葛藤を見て取ったのだろうか？　彼の心臓は大きく打ちだした。

「それは……脅迫だ」

「おもしろいことを言うのね。私に追いつめられてどんな気分？」

「君は選択肢を与えないつもりだな」

「私たちには常に選択肢があるわ。あなたを窮地に追いこんだらどうなるか、私はじっくりと考えたの。大人は問題を話し合いで解決すべきだと信じてきたから。でも、王であるあなたは独裁的にふるまうのも仕事のうちなんでしょうね。でも、私たちは変われる。話し合いましょうよ。あなたが本当は何を求めているのか教えて」

ヴィクは僕が彼女を求めていないとでも思っているのだろうか？　もし自分の思いどおりにできるなら、僕は彼女を永遠に手放さないだろう。「僕は君を守れなかった」

「ああ、サンドロ、あなたは私を救ってくれたのよ。本心でないあなたの言葉なんて聞きたくない。私が求めていたのは、私の気持ちを考えてくれる人よ。対等な立場で話し合える人。自己犠牲なんていらない。必要なのはパートナーよ。そして、私が欲しいパートナーはあなたなの」

サンドロの中ですべてが静止した。まるでそよ風がやみ、鳥がさえずりをやめたかのように静けさが広がった。あんな失態を犯したのに、ヴィクは僕を求めているのか？

「まさか……ありえない」僕はすべてにおいて彼女にふさわしくない。

ヴィクが首をかしげた。「ありうるわ。あなたを愛しているの、サンドロ。そして、あなたも私を少しは愛してくれているかもしれないと思いたい。だって、もし愛していないなら、どうしてこれを取っておいたの？」そう言うと、ジーンズのポケットから一枚のメモを取り出し、二本の指ではさんだ。キスのしるし、彼女の美しい文字……。

真実を突きつけられ、サンドロは平手打ちされたようにはっとした。僕はヴィクを忘れることができなかった。夜が明け、彼女がいなくなっているのを知ったときの落胆はいつまでも胸から消えなかった。あれから僕はいつも彼女のことを考えていた。

「愛がなんなのか、僕にはわからない」

「あなたはニックを愛している。あの子との関係を思い出して。単純なことよ」

そんなに単純なことだろうか？　ヴィクを失うと考えると、胸が苦しくなる。僕は彼女を愛しているのか？

そうだ、僕はヴィクを愛している。

その事実が稲妻のようにひらめいた。だが、サンドロはまったく心の準備ができていなかった。彼の愛に対する考えは痛みや喪失感ときつくからみ合っていた。それで真実に気づけなかったのだ。

「どうして僕がニックの存在を知ったのか、君は知りたがっていたな。従弟を監視していたからだと言ったが、あれは嘘だ」

ヴィクが顔をしかめ、メモをポケットにしまった。

「本当はどうだったの？」

自分の弱さをさらけ出すことになるとしても、僕がいつからヴィクを求めていたのか、彼女には知る権利がある。

「僕はまた君に会いたかった。だからイギリスへの極秘渡航が決まったとき、警護チームに君を捜すよう頼んだ。もう一度だけ君と会って魔法のようなひとときを過ごせないかと、ひそかに期待していたのかもしれない。ただ確かなのは、従弟を監視する過程でたまたま君を見つけたのではないということだ。ニックの存在を知ったのも君を捜したからだった」

「私のことを考えていたの？」

ヴィクの指にはまだ婚約指輪が輝いていて、サンドロの心臓は激しく高鳴った。あなたと私（トワ・エ・モワ）。その宝石には、未来への希望がすべて詰まっている。真実と愛の上に築かれた未来が。

「だから君の書き置きを取っておいたんだ。君が僕に自由を与えてくれた完璧な夜の思い出として。サンタ・フィオリーナの国王ではなく、サンドロ・バルドーニという一人の男として見てくれた夜の」

サンドロはヴィクに近づいて腕の中に抱き寄せたかったが、その前にまだ言うべきことがあった。

「出会って以来、君のことを考えなかった瞬間はほとんどない。最初は記憶を美化しているだけだと自分に言い聞かせていたが、君の強さやニックへの深い愛情、弱っている僕の看護をしてくれたことを思うと……」

ヴィクの目に涙があふれた。その涙にサンドロは打ちのめされた。彼はヴィクの涙ではなく、ほほえみが欲しかったのだ。暗闇の中で道を照らしてくれるほほえみが。

「単純なことだと言ったでしょう。言葉にするのもむずかしくないわ。愛していると言って」

「いとしい人(カーラ)、出会った瞬間から君しかいなかった。あのときはまだわかっていなかったが。君への思いはあまりに深く、僕の心を完全に占めていた」

「だったら、なぜ私たちを手放そうとしたの?」

再び涙がヴィクの頬を伝った。サンドロはこれ以上耐えられず、彼女のもとへ歩み寄った。僕はヴィクにふさわしくないかもしれないが、彼女の望むものはなんでも与えたい。たとえそれが壊れた僕自身であっても。

サンドロが近づくと、ヴィクは彼の腕の中に身を投げ出してきた。彼はしっかりとヴィクを包みこんだ。彼女がいつもいるべき場所に。

「君を愛しているからだ。僕にとって愛するとは、君を自由にすることだった」

ヴィクの指がサンドロのシャツをつかんだ。「ばかなことを言わないで」

「君は僕のもとにとどまってくれた」

ヴィクがサンドロを見あげた。「危うく去るところだったわ。私はあなたのものよ」

「そして僕は君のものだ。僕の心も。妻として、王妃として、僕のすべてとして君が必要なんだ」だがヴィクが望むなら、サンドロはいつでも逃げ道を与えるつもりだった。

「ええ。私の人生でこれほど確かなことはないわ」

サンドロはほほえみ、ヴィクに唇を寄せた。「これからの日々が楽しみだ。君と一緒の日々が」

エピローグ

ヴィクは大海原へと進んでいく王家のヨットの船首に座り、暖かな夜風に髪をなびかせながら、サンタ・フィオリーナのきらめく明かりを眺めていた。マリーナには王族や結婚式の出席者たちのヨットが停泊している。長く輝かしい一日の終わりに、二人は近隣の島々と地中海をめぐる一週間のハネムーンに出発した。

もうすぐリラックスできる。正式に婚約してからの多忙だった一年のごほうびを楽しむのだ。

ヴィクは頭を後ろに倒し、澄みきった空に高くのぼった月を見た。サンドロが断言したように、サンタ・フィオリーナの国民は新しい王妃と王の後継者を心から歓迎した。二人の婚約を祝う花火や、ニックの二歳の誕生日を祝う祭りが国じゅうで開かれた。ヴィクはイギリスよりもこの国が自分の母国に思えた。

宮殿を家族のための居心地のいい場所にするための修復はすでに始まっている。ヴィクの人生はかつて夢見た以上にすばらしかった。

うなじがちくちくし、ぬくもりが伝わってきたかと思うと、サンドロの手が後ろから伸びてきて手すりをつかみ、ヴィクを腕の中に閉じこめた。

「景色を楽しんでいるかい？」

ヴィクは振り返り、サンドロの温かい抱擁にひたった。彼がこめかみにキスをするために身をかがめた。

「ええ。でも、あなたが来てくれたことはもっとうれしいわ」

世紀の結婚式と謳われていたにもかかわらず、二人はおおげさなことは何もしなかった。ヴィクには花嫁付添人がおらず、サンドロには花婿付添人がいなかった。二人につき添ったのは、結婚指輪を捧(ささ)げ持ったニックだけだった。ランスにヴィクとともにバージンロードを歩いてもらったのは、サンドロに引き渡すためではなく、妹がどれほど幸せかをわかってもらうためだった。初めて直接顔を合わせたランスとサンドロの間には緊張した空気が流れたが、二人が警戒し合っていたのは自分への愛情からだとヴィクにはわかっていた。

結局、ヴィクとサラは友人となり、サンドロとランスはすぐに和解して、新婚旅行が終わったら一緒に慈善ポロ競技を計画しようと話し合っていた。

すべてが順調だった。

「いい一日だった」サンドロが言った。「人生最良の日だよ」

「人生最良の日って、私と出会った日のことじゃないの？」

サンドロが両腕に力をこめ、ヴィクの耳たぶを歯ではさんだ。彼女は快感に震え、サンドロの腕の中でとろけそうになった。

「どの日が最良か選ぶのはむずかしい。君とニックが僕の人生に加わってから、どの日も悪い日になりようがないだろう？」

サンタ・フィオリーナは今、新たな活気に満ちていた。人々が未来を楽しみにし、それに向かって確かなものを築きあげようとしていた。本格的な復興に向けて、インフラや芸術への新たな投資も始まっている。新しい王妃としてヴィクにできることはたくさんあった。彼女は慈善団体の後援者となり、DVの被害者のために、そして虐待された動物を救う団体のために尽力していた。毎日が希望と愛に満ちていた。

「ニックを寝かしつけられた？」

ニックはしばしば寝かしつけようとするイサドラに抵抗していた。そんなときはサンドロが絵本を読み聞かせることになるのだった。

「ああ、奮闘の末にね。あの子にはエキサイティングな一日だったから」

「私たちにとってもよ」ヴィクはサンドロの首に腕をまわし、彼の髪に指を差し入れた。

「何を考えているんだい？」サンドロが耳元でささやくと、彼の息がかかり、ヴィクの首筋に鳥肌が立った。

ヴィクが腰を押しつけたとたん、サンドロがうめいた。

「新婚初夜を始めたいってこと」

サンドロが低く笑い、さらに彼女を引き寄せる。

「最愛の妻の望みをかなえないわけにはいかないな」

ヴィクも笑った。

サンドロが一歩下がって手を差し出すと、ヴィクは彼の指に指をからめた。サンドロが彼女の手を唇に近づけ、婚約指輪と結婚指輪にキスをした。

「君と僕（トワ・エ・モワ）。ずっと一緒だ」

ヴィクはほほえみ、サンドロに導かれて船室へ向かった。彼女の心は温かく満たされていた。

「永遠に……」

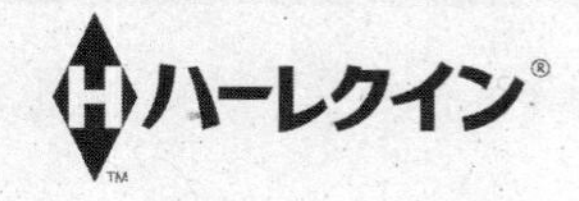

君主と隠された小公子

2025年3月20日発行

著　　者	カリー・アンソニー
訳　　者	森　未朝（もり　みさ）
発 行 人	鈴木幸辰
発 行 所	株式会社ハーパーコリンズ・ジャパン 東京都千代田区大手町 1-5-1 電話 04-2951-2000（注文） 0570-008091（読者ｻｰﾋﾞｽ係）
印刷・製本	大日本印刷株式会社 東京都新宿区市谷加賀町 1-1-1

ISBN978-4-596-72445-8 C0297

3月28日発売 ハーレクイン・シリーズ 4月5日刊

ハーレクイン・ロマンス

愛の激しさを知る

放蕩ボスへの秘書の献身愛 〈大富豪の花嫁にⅠ〉	ミリー・アダムズ／悠木美桜 訳	R-3957
城主とずぶ濡れのシンデレラ 〈独身富豪の独占愛Ⅱ〉	ケイトリン・クルーズ／岬 一花 訳	R-3958
一夜の子のために 《伝説の名作選》	マヤ・ブレイク／松本果蓮 訳	R-3959
愛することが怖くて 《伝説の名作選》	リン・グレアム／西江璃子 訳	R-3960

ハーレクイン・イマージュ

ピュアな思いに満たされる

スペイン大富豪の愛の子	ケイト・ハーディ／神鳥奈穂子 訳	I-2845
真実は言えない 《至福の名作選》	レベッカ・ウインターズ／すなみ 翔 訳	I-2846

ハーレクイン・マスターピース

世界に愛された作家たち
～永久不滅の銘作コレクション～

億万長者の駆け引き 《キャロル・モーティマー・コレクション》	キャロル・モーティマー／結城玲子 訳	MP-115

ハーレクイン・ヒストリカル・スペシャル

華やかなりし時代へ誘う

公爵の手つかずの新妻	サラ・マロリー／藤倉詩音 訳	PHS-348
尼僧院から来た花嫁	デボラ・シモンズ／上木さよ子 訳	PHS-349

ハーレクイン・プレゼンツ作家シリーズ別冊

魅惑のテーマが光る
極上セレクション

最後の船旅 《ハーレクイン・ロマンス・タイムマシン》	アン・ハンプソン／馬渕早苗 訳	PB-406

※予告なく発売日・刊行タイトルが変更になる場合がございます。ご了承ください。